U0523797

我的阿勒泰

李娟 著

花城出版社
中国·广州

图书在版编目（CIP）数据

我的阿勒泰 / 李娟著. -- 广州：花城出版社，
2021.8（2025.8重印）
ISBN 978-7-5360-9435-2

Ⅰ. ①我… Ⅱ. ①李… Ⅲ. ①散文集－中国－当代
Ⅳ. ①I267

中国版本图书馆CIP数据核字(2021)第122254号

我的阿勒泰
WO DE A LE TAI

李娟／著

出 版 人	张　懿
责任编辑	文　珍　周思仪　王梦迪
技术编辑	凌春梅
营销编辑	杨淳子　江　彬　苏星予
封面设计	◆棱角视觉 ANGULAR VISION　具伊宁
出版发行	花城出版社
经　　销	全国新华书店
印　　刷	佛山市浩文彩色印刷有限公司
开　　本	880毫米×1230毫米　32开
印　　张	8.75　1插页
字　　数	143,000字
版　　次	2021年8月第1版　2025年8月第22次印刷
定　　价	45.00元

版权所有·侵权必究。如发现印装质量问题，请与出版社联系。
联系电话：020-37604658　37602954

自 序

　　挑选在这里的文字，其内容全都与我在阿勒泰的乡居生活有关。我小时在新疆最北端的阿勒泰地区的富蕴县——一个以哈萨克族为主要人口的小县城——度过一大段童年。在我的少女时期，我又随着家庭辗转在阿尔泰深山中，与游牧的哈萨克牧人为邻，生活了好几年。后来我离开家，外出打工，继而在阿勒泰市工作了五年。但妈妈仍然在牧区经营她那点小生意。于是我始终没有离开那个家的牵绊，我的文字也始终纠缠在那样的生活之中，怎么写都意犹未尽，欲罢不能。

　　而此刻，我仍生活在偏远寂静的阿克哈拉村，四面茫茫荒野，天地洁白——阴天里，世界的白是纯然深厚的白；晴天，则成了泛着荧荧蓝光的白。这几天，温度一直降到了零下四十多摄氏度，大雪堵住了窗户，房间阴暗。家中只有我一人。天晴无风的日子里，我花了整整半天时间，在重重雪堆中奋力挖开一条通道，从家门通向院门。再接着从院门继续往外挖。然而挖了两三米就没力气了。于是在冬天最冷的漫长日子里，没有一行脚印能通向我的家。

在大雪围拥的安静中，我一遍又一遍翻看这些年的文字，感到非常温暖——我正是这样慢慢地写啊写啊，才成为此刻的自己的。

按时间顺序，我将这些文字安排为三个部分。

第一部分是我近两年零碎记录的生活片断，大都作为博客贴在网上。但经验是，信笔为之的文字往往比郑重地写出的更真诚，并且更可靠。便收录进来。

第二部分与我的另一部书稿《阿勒泰的角落》应该是一体的。它们同一时期写成，贯穿着同样的背景与情感。文字里的那个"我"还是十八九岁的光景，贫穷、虚荣、敏感又热情。滋味无穷。

第三部分是我多年前的一本旧书《九篇雪》里的部分内容。有出版社要再版《九篇雪》，我左思右想，实在不敢。那些小时候的文字，自以为是，轻率矫情。但老实说，其中也不乏天真可亲的片断，令现在的自己都羡慕不已。于是摘录了一部分放在这里。

——便合成了这样一个集子。说起来有些七零八落，却完整地展示了这些年来自己的写作成长历程。对于个人，这是一场整理和盘点；对于阅读者，愿你能通过我的眼睛和情感，体会到遥远的阿勒泰角落里的一些寂静、固执的美好。愿能为你带来快乐。

2010年1月

三版序

这是这本书出版的第七年。

在这本书后,我又创作了几部长篇非虚构作品。再回过头看看这部同样是非虚构的短篇集,觉得相比之下,文字的精致与精心,倒更像是一部短篇小说集。

这个新的版本最大的调整就是去掉了之前版本的第三部分。因为以前不打算再出版我的处女作《九篇雪》,便将其一部分内容编入此书,即第三部分。可后来出于各种考虑,《九篇雪》还是再版了,于是,这两本书便有部分重复。在我的要求下,新版的《我的阿勒泰》终于去掉了重复部分。从此,我出版的十一本书再无任何重复内容。总算是舒一口气。

2018 年 5 月

四版自序

这本书出版十一年了。

每次再版，重读这些文字都有新的发现。这一次发现了年轻的自己暗搓搓掩饰的东西。还在四五年前，我都不觉得我掩饰过什么。我坦然于自己记录的真实经历与真实情感，却没意识到记录时的选择与回避。

这些文字（除了工作后那些篇章）所描述的自己是十八岁到二十出头的年纪。那时的"她"生活在乡间山野，总与周遭现实格格不入。周围人们都觉得这个女孩看上去和和气气，却怪异又孤僻。"她"从不串门子，从不主动结交朋友。闲下来总是独自一人深入远远的田野间河水边散步。她没法融入当地年轻人的圈子，也不能接受像他们那样经营人生。但"她"从来不曾否定他们。反而总是羡慕他们……写这些文字的我，额外珍惜"她"与他们为数不多的交集：与河边洗马的少年的相处，和巴哈提小儿子的"恩怨"，偶遇的赛马小冠军，乡村舞会上的漂亮年轻人，还有热情的姑娘古贝，邻居比加玛丽……我看似随意地，没完没了地铺陈各种记忆里的细节：亲密的，自由的，关于友谊的，关于爱情的……竟然有这么多。

实际上只有这么多。那段记忆里最美好最闪光的时刻全在这里了。

真实也能遮蔽真实。密集铺陈真实却营造出假象。于是，人们可能以为那就是我的常态吧。

——我曾经多么渴望自己真的就是那样一个姑娘啊。任性，光明，从容，欢乐。

我写下的故事曾让无数读者向往。其实最最向往的是我自己。

二十年过去了，我性格方面没什么变化，只是早就不再为"不合群"什么的所困扰。说不上是成长还是倒退。但是重读这些文字，看到年轻时候的自己站在那里迎接一切的样子：眼前人生太开阔，太令人迷醉，未来太耀眼，对爱情对生活的本能的热情太激烈……那样的我怎能接受自己的软弱与无能？于是强作自信，于是勉力抗衡，苦苦扯拽站在这些文字反面的自己……算了，她是对的。我看穿了她，又深感此刻的尴尬与警惕。可又想到，下一个二十年，说不定此刻的自己也会被否定、被体谅。于是又渴望着未来。

感谢十一年来的所有读者以及未来的读者们。

2021 年 6 月 21 日

目 录

第一辑 记忆之中（2007—2009）

我所能带给你们的事物　　3
属于我的马　　11
"小鸟"牌香烟　　16
打电话　　20
摩托车穿过春天的荒野　　25
通往滴水泉的路　　35
过年三记　　42
想起外婆吐舌头的样子　　54
蝗 灾　　59
我们这里的澡堂　　64
我家过去年代的一只猫　　71

第二辑 角落之中（2002—2006）

汉族孩子们	79
巴哈提家的小儿子	86
河边空旷的土地	95
喀吾图的永远之处	105
要是在喀吾图生病了的话……	127
乡村舞会	136
坐班车到桥头去	166
弹唱会上	182
古 贝	194
在荒野中睡觉	199
我们的家	207
通往一家人去的路	220
木 耳	225

第一辑 记忆之中（2007—2009）

我所能带给你们的事物

我从乌鲁木齐回来,给家人买回了两只小兔子。卖兔子的人告诉我:"这可不是普通兔子,这是'袖珍兔',永远也长不大的,吃得又少,又乖巧。"所以,一只非得卖二十块钱不可。

结果,买回家不到两个月,每只兔子就长了好几公斤。比一般的家兔还大,贼肥贼肥的,肥得跳都跳不动,只好爬着走。真是没听说过兔子还能爬着走……而且还特能吃,一天到晚三瓣嘴咔嚓咔嚓磨个不停,把我们家越吃越穷。给它什么就吃什么,毫不含糊。到了后来居然连肉也吃。兔子还吃肉?真是没听说过兔子还能吃肉……后来,果然证实了兔子是不能吃肉的,它们才吃了一次肉,就给吃死了。

还有一次,我从乌鲁木齐回来,带回了两只"金丝熊"（乌鲁木齐真是一个奇怪的地方……）。当时我蹲在那个地摊前研究了半天，觉得这种"金丝熊"看起来要比上次的兔子可靠多了，而且还更便宜一些，才五块钱一只，就买了回去。我妈一看，立刻骂了我一顿："五块钱啊？！这么贵啊！真是，咱家还少了耗子吗？到处都跑的是，还花钱在外面买……"我再仔细一看，没错，的确是耗子，只是少了条长尾巴而已……

只要我从乌鲁木齐回家，一定会带很多很多东西的。乌鲁木齐那么大，什么东西都有，看到什么都想买。但是买回家的东西大都派不上什么用场。想想看，家里人都需要些什么呢？妈妈曾明确地告诉过我，家里现在最需要的是一头毛驴，进山驮东西方便。可那个……我万万办不到。

家里还需要二十到三十公斤马蹄铁和马掌钉。转移牧场的牧民快要下山了，到时候急需这个。另外我叔叔给牧民补鞋子，四十码和四十二码的鞋底子没有了，用来打补丁的碎皮渣也不多了。我家杂货店的货架上也空空落落，香烟和电池一个月前就脱销了。

可是每次我回家，带给大家的东西不是神气活现的兔子，就是既没尾巴也没名堂的耗子。

我在乌鲁木齐打工，也没能赚上什么钱。但即使赚不上钱，还是愿意在那个城市里待着。乌鲁木齐总是那么大，有着那么多的人。走在街上，无数种生活的可能性纷至沓来，走在街上，简直想要展开双臂走。

晚上却只能紧缩成一团睡。

被子太薄了，把窗帘啊什么的全拽下来裹在身上，还是冷。身上穿着大衣，扣子扣得一丝不苟，还是冷。

我给家里打电话，妈妈问我："还需要什么啊？"我说："不需要，一切都好。就是被子薄了点。"于是第二天晚上她就出现在我面前了，扛着一床厚到能把人压得呼吸不畅的驼毛被。

原来她挂了电话后，立刻买来驼毛，连夜洗了，烧旺炉子烘干。再用柳条儿抽打着弹松、扯匀，细细裹上纱布。熬了一个通宵才赶制出来。然后又倒了三趟班车，坐了十多个钟头的车赶往乌鲁木齐。

我又能给家里带来什么呢？每次回家的头一天，总是在超市里转啊，转啊。转到"中老年专柜"，看到麦片，就买回去了。我回到家，说："这是麦片。"她们都很高兴的样子，因为之前只听说过，从没尝过。我也没吃过，但还是想当然地煮了一大锅。先给外婆盛一碗，她笑眯眯喝了一口,然后又默默地喝了一口,说:"好喝。"然后死活也不肯喝第三口了。

我还买过咸烧白。封着保鲜膜,一碟一碟摆放在超市里的冷柜里,颜色真好看,和童年记忆里的一模一样。外婆看了也很高兴,我在厨房忙碌着热菜,她就搬把小板凳坐在灶台边,兴致很高地说了好多话,大都是当年在乡坝吃席的趣事。还很勤快地帮着把筷子早早摆到了饭桌子上。等咸烧白蒸好端上来时,她狠狠地夹了一筷子。但是勉强咽下去后,悲从中来。

——不是过去的那种味道!完全不一样。乌鲁木齐的东西真是中看不中用……更重要的是,这意味着过去事物、过去感觉的"永不再有"。她九十多岁了,再也经不起速度稍快一些的"逐一消失"了。

我在超市里转啊转啊。这一回,又买些什么好呢?最后只好买了一包红糖。但是红糖在哪里没有卖的啊?虽然这种红糖上明确地标明是"中老年专用红糖"……妈妈,外婆,其实我在欺骗你们。

我不在家的日子里,兔子或者没尾巴的小耗子代替我陪着我的家人。兔子在房间里慢慢地爬,终于爬到外婆脚下。外婆缓慢地弯下腰去,慢慢地,慢慢地,终于够着了兔子，然后吃力地把它抱起来。她抚摸兔子倒向背后的柔顺的长耳朵，问它："吃饱没有？饿不饿？"——就像很早很早以前，问我"吃饱没有？饿不饿？"一样。天色渐渐暗下来，又是一天过去了。

还有小耗子，代替我又一年来到深山夏牧场。趴在铁笼子里，背朝广阔碧绿的草原。晚上，妈妈脱下自己的大衣把笼子层层包裹起来，但还是怕它冷着，又包了一层毛衣。寒冷的夜里，寂寞的没尾巴小耗子把裹着笼子的衣物死命地扯拽进笼子里，一点一点咬破。它们在黑暗中睁大了眼睛。

尽管咬破了衣服，晚上还是得再找东西把它们包起来。妈妈点着它们的脑门大声训斥，警告说下次再这样的话就如何如何。外婆却急着带它们出去玩。她提着笼子，拄着拐棍颤巍巍地走到外面的草地上，在青草葱茏处艰难地弯下腰，放下笼子，打开笼门，哄它们出去。可是它们谁也不动，缩在笼角挤作一团。于是外婆就唠唠叨叨地埋怨妈妈刚才骂它们骂太狠了，都吓畏缩了。她又努力弯下腰把手伸进笼子，把它们一只一只捉出来放到外面，让它们感觉到青草和无边的天地。阳光斜扫过草原，两只小耗子小心地触动身边的草叶，拱着泥土。但是吹过来一阵长长的风，它们顿时吓得连滚带爬钻回笼子里，怎么唤也唤不出来了。

我从乌鲁木齐回家,总是拖着天大的一只编织袋,然后骄傲地从里面一件一件地往外面掏东西。——这是给外婆的,那是给妈妈的,还有给叔叔的、妹妹的。灯光很暗,所有的眼睛很亮。我突然想起,当我还拖着这只编织袋走在乌鲁木齐积着冰雪的街道上时,筋疲力尽,手指头被带子勒得生疼。迎面而来的人一个也不认识。

当我还在乌鲁木齐的时候,心想:这一回给家里人买什么好呢?我拖着大编织袋在街上走啊走啊,看了很多很多东西,有猫,有小狗。我看了又看,可是我的钱不多。有鞋子,有衣服,有好吃的。我想了又想,我的包已经不能塞进去更多的东西了。这时,我看到了有人在卖小兔子。那人告诉我:"这可不是普通的兔子,这是'袖珍兔',永远也长不大的,又乖巧,吃得又少,很好养的。"

又想起我拖着编织袋,怀里揣着"袖珍兔"的笼子回家的情景。

回家的路真是漫长。夜班车坏了又坏,凌晨时分车停在戈壁滩深处一家孤零零的小饭馆门口。我疲惫不堪,坐在冰冷的车厢里(那时候卧铺夜班车很贵,我只买得起坐票），冻醒了好几次。最后一次终于决定下车。我抱着笼子，走进饭店烤火。深夜里一个客人也没有，条桌和长凳空空荡荡。天线锅信号不稳定，电视机播放着遥远模糊的内容。胖胖的维吾尔族老板娘不知从哪里走出来，给我倒了碗热茶，又顺手给兔子一块白菜。这时同样胖胖的老板也出来了，大家坐在一起，边烤火边看兔子抱着那块白菜慢条斯理地啃啊啃啊。我说："这是'袖珍兔'，永远长不大的，只能长这么大。"胖老板就说："啊呀，真的这么一点点？那太亏了嘛，养几年还不够一盘子菜。"我们都笑了起来。他便又夸张地重复一遍："你们看啊，这么一点点，真的不够一盘子菜。"那时我远在回家的路上，却已经感觉到家才有的温暖。

在回家的漫长途中，总是晕车。便坐到司机旁边的小凳上，抱着兔子笼笔直地挺着脊背坐着。又怕兔子会突然死去，便不时伸手进笼子抚摸它。深夜里，路边的树木在车灯的照耀下，向路心整齐地弯拱，形成神秘的通道。车灯只能打几米远，远处漆黑深沉，像没有尽头的洞穴。后来东方的天空渐渐有些亮了，我想象着到家时会有的情景，终于歪倒在引擎盖子上睡着了。如此漫长的归途。

兔子死了的时候，我妈对我说："以后再也别买这些东西了,你能回来,我们就很高兴了。"我外婆对我说:"以后再也别买这些东西回来了,死了可怜得很……你回来了就好了,我很想你。"

又记得在夏牧场上,下午的阳光浓稠沉重。两只没尾巴的小耗子在草丛里试探着拱一株草茎。世界那么大。外婆拄杖站在旁边,笑眯眯地看着。她那暂时的欢乐,因这"暂时"而显得那样悲伤。

属于我的马

有一个人欠了我家很多钱,现在却死了。按当地穆斯林的礼性,不还清生前的债务是不可入葬的。葬礼上,阿訇会询问死者亲属:"此人生前亏欠过别人的财物吗?"得到否定的回答后才会继续为死者念经。

但他的家人实在拿不出钱来偿还,情急之下,只好把自家的一匹马牵来见我妈,要求抵债。

我妈很为难,打电话同我商量该怎么办。

她说:"你说我要马做什么呢?"

我说:"自己留着骑呗。"

她说:"家里有摩托车,哪里用得着骑马!"

我说:"那就不要呗。"

她说:"可是我又很想要……"

我说:"你要它做什么?"

她说:"自己留着骑呗。"

到了下午,她又兴冲冲打来电话:"娟儿啊,我决定了,我要把那马留下来,我要把它送给你!下礼拜我给你牵到阿勒泰市去啊?"

我吓一大跳:"我要它做什么?"

"可以骑着去上班啊,你们单位那么远的。"

"骑自行车就可以了。"

"自行车还得去蹬它。马多好啊,一点儿力气也不必费。到了单位就放在你们地委大院里,让它自己去找草吃。回到家就拴在后院的大柳树上,河边草也多……"

我大汗:"可是,它认识红绿灯吗?"

挂上电话后我又仔细想了想,别说阿勒泰市里了,就算是在阿克哈拉村,我家也无法养马的。首先我们草料不多,眼下这些全是给鸡鸭过冬准备的,可能鸡鸭还不够呢,哪还能顾得上马!到了冬天,草料就贵得要死,哪里买得起啊?而冬天又那么漫长,整整半年。

再说,阿克哈拉我家的院子又不大,杂七杂八堆满了东西,哪里还有地方拴马?

我估计,马牵回家后,处理它的唯一方法大约就是宰掉吃肉……呜呼!如果养马只是为了吃肉,生活该索然无味到什么地步?

其实就在两年前，妈妈还一心想买匹马的。那时家里还没有挖井，用水得去两公里外的乌伦古河边挑回家。夏天还好，到了冬天，河面冻成了厚厚的坚冰，去挑水除了扛扁担，还得扛斧头。每天去挑水，每天都得破冰。头一天破开的冰窟窿一夜之间重新冻得结结实实。

而且冬天的阿克哈拉那么的冷，一二月间，动辄零下三四十摄氏度。河边的风更是凛冽如刀。一路上积雪及膝，白茫茫的原野一望无际，没有一行脚印。

我妈想，如果没有马，有一只小毛驴也好啊。套牲口拉水的话，拉一趟就管够三四天的用量，既不费人力，又省了麻烦。

那一年的夏天非常炎热，一到下午，村里马路上就不见人影了。太阳明晃晃的，野地草丛中，蚊虫像浓重的烟雾一样，在低处翻涌鼓荡。

可是，为了给将来的家庭成员马或者小毛驴准备过冬的草料，一家人仍然要出去拔草，那个罪受的！

那一年的夏天倒是攒了不少干草，打碎后装了好几麻袋。可这点草也不管用啊。马最终没能养成。我们决定在院子挖一口井。

由于冬天水位线低，我们便在冬天挖。

在大地上打出一个深深的洞，然后遇见水，这真是神奇的事情。一个人在井底用短锹掘土，另一个人在地面上把土一桶一桶吊上来。漫长的劳动使阿克哈拉的土地渐渐睁开了眼睛。它看到了我们，认清我们的模样，从此才真正接受了我们。

这两年，新房子也修好了，井也挖了，院子里种下的树苗也活了几棵。又赶上"新农村建设"，我们家院墙也被村委会派人粉刷了一遍。村里再没人把我们当"外人"了。

至于马，已经可要可不要了。

但是，哪怕到了现在，拥有一匹马——这仍然是多么巨大的愿望啊！至于被一匹马高高载着，风驰电掣地奔向远方——那情景让人一想到便忍不住心血沸腾。

阿勒泰市虽然是小地方，但好歹也算是城市了，车流不息，街道两边招牌拥挤。但我曾经见过有人就在这样的大街上策马狂奔。那是真正的奔跑，马蹄铁在坚硬平整的黑色路面上敲击出清脆急促的声音。四面都是车辆，那马儿居然视若无物，大约是见过世面的。要是在乡下，远远地看到前面有汽车开过来，骑马的人大多会勒停马儿，让到路基下面，怕马儿受惊驾驭不住。

我一直目送那人和他的马消失在街道拐弯处，才意识到他们刚才闯红灯了。

虽然阿勒泰市是牧业地区的城市，但转场的大批牲畜是不允许上主街道的。游牧的队伍经过时总是远远地绕过市区。但对于马，好像没听说过什么特别的规定。因此在奇怪完"怎么有人在街上骑马"之后，很快又开始奇怪"为什么没人在街上骑马"了。

富蕴县则不一样，有人高头大马地经过身边，是极寻常的情景。至于阿克哈拉，就更不用说了。但无论如何，我妈也不该有那种想法啊，搞一匹马让我骑着上下班？太酷了。

想象一下吧：有朝一日，自己骑着马去行政公署或者教育局送文件……一定令人叹为观止。

假如我有一匹马，我能为它做些什么，才能真正得到拥有一匹马的乐趣呢？首先，我得搬家，搬到城郊野地上。盖栋新房子，并圈起一个大大的院落。我还得在院子四周开垦出大片的土地，种上深浓茂密的马草。还得嫁给一个也愿意养马的人，最好他已经有养马的许多经验了。另外将来的孩子也得喜欢马。这样，我就得为了马永远留下来，永远地……也就是说，除非我真正地爱上阿勒泰，决心永远生活在阿勒泰，否则我就永远不可能拥有一匹马。

我还想再打电话问问妈妈关于马的事情，但想来想去，终于没有。

"小鸟"牌香烟

我妈仗着自己聪明,在汉话和哈萨克语之间胡乱翻译,还创造出了无数新词,极大地误导了本地牧人对汉语的理解。实在是可气。

我穿了一件新衣服回家,一路上遇到的女人都会过来扯住袖子捏一捏:"呀,什么布料啊,这么亮?"

"是……"我想了又想,最后说出它的准确名称:"丝光棉的。"

"丝光棉?"

"对,丝光棉。但其实不是棉,是一种化纤。"

"化……纤?"

"对,也就是过去说的那种料子布,腈纶啊涤纶啊之类。"

"腈纶?涤纶?"

她便疑惑而苦恼地走了。

而我妈呢，会斩钉截铁地回答："塑料的！"

"哦——"立刻了然。

一个小伙子来店里买香烟，要"小鸟"牌的。我问了好几遍，的确是"小鸟"，而且那两个字还是发音极标准的普通话。

但是我在货架上极其有限的几种香烟里搜索了好几遍后——

"我们没有'小鸟'烟。"

"有的！那里那里！"

我顺着他指的地方一看，什么啊！那是"相思鸟"！

一来"小鸟"和"相思鸟"在读音上稍稍相近，二来烟盒上的确印了只小鸟，所以嘛……

再想想看，就凭我们这点哈萨克语水平，要想给乡亲们解释"相思"为何物，并且还要解释这"相思"何以与"鸟"联系到一起……实在难于爬蜀道。

所以我妈虽然粗枝大叶、办事轻率，总算还较能符合当地生产生活实际的。

但是又有一天隔壁小姑娘来买"砰砰"。

一头雾水。

"什么东西?"

"砰!砰!"

"什么砰砰?"

"就是砰砰,砰砰砰!"

拿给她榔头,摇摇头;再给她拿一把钉子,仍然不是。

只好微笑着对她说:"我们家没有鞭炮卖,也没有核桃卖。"

"不是的!"小姑娘胳膊长,干脆自己把手伸进柜台里取……原来是瓶子为手雷形状的白酒……不用说,又是我妈的杰作。

早先在夏牧场的时候,她发明的词汇"喀啦(黑色)蘑菇",即"木耳"(阿尔泰深山森林里生长有野木耳),音节响亮,易懂好记,一直被当地人民沿用到现在,并且范围越来越广,几乎横跨了全地区六县一市。

此外老人家还自作主张翻译了"金鱼"——"金子的鱼","孔雀"——"大尾巴漂亮鸟"。

我们家卖烟除了"相思鸟",还有"红雪莲""青城""哈德门"等等。对此我妈懒得再作创意,于是除"小鸟"烟以外,其他的烟一律被称为"红色烟""绿色烟""白色烟"及"黄色烟"。如果有两种烟的包装纸同为白色，则区别为"这边的白色烟"和"那边的白色烟"。

我妈还用奇怪的方法传授给了当地牧民很多外来名词，什么"抱窝鸡"啊，"三开肩式西服"啊，植物的"休眠期"啊什么什么的。之所以说"奇怪"，是因为本来就很奇怪，这么复杂——甚至是这么深奥的事儿，她怎么就能干净利落地让人豁然而知呢？……更奇怪的是，牧民又不养鸡，知道了"抱窝鸡"又有什么用？

打电话

阿克哈拉村实在太偏远了,最早出现在这里的电话是所谓的"卫星电话"(其实和卫星没什么关系),这种电话不但贵得无法无天,而且通话质量极差,一遇到刮大风天气和阴雨天就卡壳了,打不出去也拨不进来。

后来有人开始使用移动公用电话,也就是无线座机电话,形状和一般的座机一模一样,有话筒有机座有拨号盘,只是没有电话线牵着。隔两天充一次电。这种电话非常方便,刮风下雨都能用。而且在汽车上也能用,带到两百公里以外的县城也还能用。其实呢,就是座机模样的手机吧。

这种电话是电信局免费赠送的,话费又相当便宜,于是我家也办理了一部。我妈喜欢极了,把这部硕大的话机揣在一个硕大的挎包里,整天挂在胳膊上,走哪儿带到哪儿。有时候去县城,在大街上走着走着,电话响起来了,她赶紧从包里取出来，摘下话筒若无其事地接听，不管周围行人如何大惊小怪。他们可能在想："干吗不带个手机？"

哪怕是偏远的阿克哈拉村，手机业务也很快就要开通了。新公路正在修建，据说光缆线已经铺好，座机电话也正在普及。我家商店打算再装一部有线的公用电话。无线的移动公用电话方便是方便，毕竟还得充电。

公路修好了就要沿路架起新的电线杆，另外路边还要修排洪渠及其他基础设施。于是这几年有好多内地民工来到荒野深处的阿克哈拉村干活。每天一到休息时间，大家就全跑到我家商店排队打长途电话，挤了满当当一屋子。害得我们每天晚上十点以后才能回家吃饭。

打电话的大多是第一次出远门的小伙子："是我，妈妈。吃过饭没得？你那边天黑没得？我这里还没有黑，新疆天黑得迟些……我在这里很好，吃得也可以，天天都有肉，有时候一天两顿都有肉……老板对我们好，活路也好做，早早地就下工回宿舍吃饭了……妈妈，我不给你讲了，快三分钟了，我挂了啊？"

下一个立刻拿起电话，拨通后说道："妈，吃饭没？天黑了没有？我们这里天还大亮着。新疆天黑得太晚了……这里一点都不好！一点都没有肉吃……噫！老板尽欺负人哩，干活把人累得！天黑得看不到了才让人回家吃饭……妈，我不给你讲了，快三分钟了，我挂啦！"

令人纳闷的是，这两个人明明跟着同一个老板干同样的活啊……

有一个母亲给孩子打电话："……娃儿啊，我说的话都要记到起，每天都要记到起。奶奶的话要听，么妈的话也要听，老师的话要听……"——就数她说的时间最长，都过了十分钟了还没交代完第三个问题："……娃儿啊，生火的时候，要先在灶里搁小柴，底脚架空呷，搁点刨花儿引火。没得刨花儿拿点谷草也可以。要好生点引火，等火燃起来呷了再一点一点地往高头搁大柴。将将开始要搁点小柴。要是燃不起来就吹一哈，里头的柴禾莫要堵到烟囱洞洞。将开始的小柴底脚要架空，再搁刨花儿，没得刨花儿拿点谷草也可以。燃不起来就吹一哈，好生点吹，莫吹得满脸都是煤灰灰。将开始要用小柴，莫用大柴。底脚要架空，没得刨花儿拿点谷草也可以……"

我妈在旁边小声对我说："这才叫作'千叮咛万嘱咐'……"

还有一个给老婆汇报情况的，也拉七扯八说了半天，后面排队的等得不耐烦了，就一个一个凑到话筒前乱打岔——

这边正说着:"我下了工哪里也不想去……"

那边:"乱讲!他一天到黑不做活路,老板天天骂他!"

这边:"我自己洗衣服……"

那边:"他天天打牌赌钱!"

这边:"当然洗得干净了……"

那边:"都输呷两百块钱了!"

这边:"就是水不好,碱重得很……"

那边:"快还给我两百块钱,输呷不认账!"

这边:"我没有赌钱!"

那边:"赌了!"

这边:"我没有赌!"

那边:"快点还钱!"

这边:"莫听他们乱讲!"

那边:"嫂子,陈三儿找小姐了!"

这下子,话筒另一头立刻警觉起来,女方的嗓门尖厉了八度,我和我妈都听得一清二楚:"哪么哩?你还有钱找小姐嗦?"

陈三儿又急又气,说话越发结巴了:"莫……莫听他们的,他……他们乱讲,乱讲……"

一屋子人都开始起哄:"陈三儿还钱!还钱!陈三儿

快点还钱!"

陈三儿赶紧"再见",挂了电话就扑过去和那几个坏小子拼命。

总之我们家的电话生意实在太好了,虽然这一带的商店都装有公用电话,但就数我家最热闹,连当地的哈萨克老乡都更愿意到我家耐心地排队。

后来才知道,来我家打电话的哈萨克人全都是正在恋爱中的姑娘小伙儿。因为这一带就我们一家汉人,当着我们的面谈情说爱也方便点。语速稍微快点、含糊点,就会非常安全。可是,我们就算听得懂也懒得去听!看着柜台对面那个十五岁的破小孩满脸通红、结结巴巴、喜难自禁、左脚搓右脚、右脚搓左脚的样子,实在愤怒:都说了一两个小时了,都快十二点了,还让不让人回家睡觉啊?

摩托车穿过春天的荒野

摩托车实在是个好东西，因为它比我们的双腿强大。在这片荒茫茫的大地上，它轻易地就能把我们带向双脚无力抵及的地方。当然了，坐摩托车时间长了同样很累人的，不比徒步轻松。尤其一些时候，一骑就是五六个小时，等到了地方，都坐成罗圈腿了。我家这个摩托车呢，又是台小油箱小型号的，动不动就三个人同时压在上面，车不舒服，人也舒服不到哪儿去。

其他嘛，就没有什么不满意的了。

我非常想学骑摩托车，但又怕摔跤。记得小时候，平衡感几乎等于没有，秋千都不敢荡。光学骑自行车就学了三年，光学推自行车就学了半年……总之我想，自己恐怕是一辈子都不敢奢望能拿这种机器怎么样了。但是还是喜欢摩托，常常想象自己也能在风里雨里呼啸而过……好像我正是凭借这样一个工具，更清晰更敏锐地出现在了世上。要不然的话……唉，其实，受到能力的限制也未尝是什么坏事。但是，既然已经有摩托车了，就只说摩托车的事吧！——当我站在大地上，用手一指：我要去向那里！于是我就去了。又为突然发现这世上可能真的再没什么做不到的事情而隐隐不安——好像我们正在凭借着摩托车，迫不及待地、极其方便地、迅速而彻底地永远离开了什么……但是又想到，到了今天，这已是我们无法避免、无法拒绝的现实了吧？呃，也未尝是件坏事吧？哎——当我站在大地上，用手一指：我要去向那里！

尤其当我们把家从北部山区搬到阿克哈拉村后，摩托车就更加重要了。

阿克哈拉位于南面乌伦古河一带的戈壁滩上，离县城两百多公里。要是坐汽车的话，冬天去县城一趟得花五十块钱呢，就算愿意花五十块钱，还不一定有得坐。当时这个村子还没有开通正式的线路车，只有一些私人的黑车在跑运营，大都是那种带后厢的八座老吉普，一天顶多只有一两辆。每天天还没亮，司机就从村这头到那头挨家挨户接人，往往还没有走到我们家，车就坐满了。或者是临时有什么急事，但人家的车还没载满人，死活不走，停在村口一等就是一两天，急死你也没办法。

而摩托车多方便呀，想什么时候出发就什么时候出发。而且，骑摩托车去县上的话，来回的汽油费也就十几块钱，省了八九十块钱呢！要是两个人去县上的话，能省一百六；要是三个人去的话，能省二百五。啧！而且，还不用晕车了。

不过，话又说回来。戈壁滩上风大，路也不好走，加之为了省油，摩托车速度控制得不能过快。于是出一趟门总得吹四五个小时的风。可真够受的。虽然我妈给我弄了个头盔，可那玩意儿沉甸甸的，扣在脑袋上，压得人头晕眼花，根本没法戴。只好挂在脖子上，任它垂在后脑勺那儿。可风一吹，头盔兜着满满的风使劲往后拽，拽得头盔带子紧紧勒着脖子。勒得人头晕眼花，还吐着半截舌头。没一会儿，门牙就给吹得冰凉干涩。我只好把这玩意儿解下来抱在怀里。可这样一来，我和前面开车的我叔之间就被隔出了好大的空隙，风嗖嗖往那儿灌。虽然身上穿得里三层外三层，但没一会儿还是被风吹透了，敞怀一般，肚皮凉幽幽的。尽管戴着手套，抱头盔的手指头还是很快就又冷又硬，伸都伸不直。哎，也不能戴，也不能不戴。连放都没地方放，这是个小摩托车，后面已经载了不少行李了……真是拿这个东西一点办法也没有。

我们走的路是戈壁滩上的土路（——真丢人，我叔没执照，车也没牌照，不敢骑上公路……），与其说是路，不如说是一条细而微弱的路的痕迹，在野地中颠簸起伏。这条路似乎已经被废弃了，我们在这样的路上走过好几个小时都很难遇见另一辆车。大地辽远，动荡不已。天空更为广阔——整个世界，天空占四分之三，大地占四分之一。

眼前世界通达无碍。在我们的视野里，有三股旋风。其中位于我们正前方的那一股最高最粗，足足二三十米，左右倾斜摇晃着，柱子一般抵在天地之间。在我们的左边有两股，位于大约一公里外一片雪白的、寸草不生的盐碱滩上方。因此，那两股风柱也是雪白的。而天空那么蓝……这是五月的晚春。但在冬季长达半年的北方大陆，这样的时节不过只是初春而已。草色遥看近却无，我们脚边的大地粗糙而黯淡。但在远方一直到天边的地方，已经很有青色原野的情景了。大地上雪白的盐碱滩左一个右一个，连绵不断地分布着，草色就团团簇簇围拥着它们，白白绿绿，斑斓而开阔。后来我看到左面的那两股雪白的旋风渐渐地合为了一股，而我们道路正前方不远处的那一股正在渐渐远去，渐渐熄灭。

我们的摩托车在大地上从北到南奔驰，风在大地上由西向东吹，我的头发也随风笔直横飞。风强有力地"压"在脸上，我想我的右脸已经被压得很紧很硬了。若这时身边带着一块大头巾就好了，厚厚的从头蒙到脚，一定刀枪不入。于是我只好又把头盔顶在头上挡风。但是不一会儿，呼吸不畅，憋气得很，只好再取下来。但是一取下来，立刻就对比出了戴上的好处。于是又抖抖索索地重戴上。立刻又呼吸不畅……

不愧是自己家店里出售的便宜货，这个破头盔的塑料挡风镜早就给风沙打磨花了，透过它看到的世界肮脏又朦胧，视力所及之处一塌糊涂，久了就恶心头晕，只好闭上眼睛……而且它实在太重了！不知道是真的很重，还是由于自己的知觉长久敏感地作用于那一处而异样地感觉到"重"，反正就重得压得我一路上都驼着背。

那样的风！从极远的天边长长地奔腾而来，满天满地地呜呜。与这种巨大的、强有力的声音相比，我个人的话语声简直成了某种"气息"般的事物了。哪怕是大声喊出的话，简直跟梦里说的话一般微弱而不确切。风大得呀，使得我在这一路上根本不可能维持较为平和一些的表情。真的，有好几次，突然反应过来自己此时此刻正眉头紧皱、龇牙咧嘴。

中途休息的时候，对着车上的后视镜看了一眼，吓了一大跳——发现自己少了两颗门牙！再定睛一看，原来是门牙变成黑色的了……全是给风吹的，沾了厚厚一层土，口水一浸就成了黑色。嘴唇也黑乎乎的，僵硬干裂。这样的季节正是沙尘肆虐的时候。我叔叔头盔的挡风镜上也蒙了厚厚的一层灰土。难以想象这一路上他怎么坚持到这会儿的，居然还能始终准确地行驶在土路中央。我就用手心帮他擦了擦，谁知越擦越脏，只好改用衣袖擦。

我们站在车边休息，口渴得要命。风呼啸着鼓荡在天地间。我头发蓬乱，面部肌肉僵硬。那风大得呀——后来，我不小心在这样的风里失手掉落五块钱，跟在钱后面一路狂追了几百米都没能追上。幸亏钱最后被一丛芨芨草挂住了才停下来。

我掏钱是因为买汽油。买汽油是因为我们的油又不够了。油不够是因为油箱漏了——有一根插在油箱上的管子，不知怎么的掉了下来……在戈壁滩上抛锚，是必须得随时迎接和从容面对的事情。因为那是属于"万一"的事。因此我叔仍旧乐呵呵的，根本不为由于自己的疏忽连累了我而有所愧疚。

他只是笑眯眯地告诉我还有一次更惨，走到一半路时，爆了胎。于是那一次他在戈壁滩上推了整整九个钟头的车……

若是这一次也要让我陪着他再走九个小时的话……我发誓，等我一回到家就打死也不出门了。出门太危险了。

这四野空空茫茫的，视野里连棵树都没有，到哪儿找汽油去？

　　我们运气也未免太好了。平时走这条路，从头到尾除了偶尔一两个牧羊人，鬼影子也见不着一个。可这次车一坏，不到一会儿，视野尽头就有另一辆摩托车挟着滚滚尘土过来了。我们远远地冲他招手。近了，是一个小伙子。一看就是牧业上的，脸膛黑红，眼睛尖锐地明亮着。我们比画着让他明白我们的处境，他立刻很爽快地去拧自己的油箱盖子。我连忙找接油的容器。可是在背包里翻半天，只翻出一只用来装针线的小号"娃哈哈"酸奶瓶子。于是这两个男人把那台摩托车翻倒，我小心翼翼地持着这个过于小巧纤细的瓶子对准油箱流出的那股清流。一连接了五六瓶后，就再也不好意思要了。人家也是出远门，要是也出了点事油不够了怎么办？最后，为了表示感谢，我想给他点钱，于是……

　　他们两个站在风中，看着我追逐着那张纸币越跑越远，像是永远也不会回来了。

　　后来当我把钱给他时，他反倒向我们道谢不迭，对我们感激得没办法。

　　加了油，我们继续在戈壁滩上渺小地奔驰，身后尘土荡天。天色渐渐暗了，土路也变得若隐若现，时断时续。

渐渐地，发现不是这条路，我们走错了，我们迷路了。

在戈壁滩上迷路实在是一件可怕的事。白天还好说，晚上温度会降到零摄氏度左右，风也许会更猛烈。而且，迷路这种事，一旦有了开头，越着急就越糊涂，越搞不清方向。这大地坦阔，看似四通八达，其实步步都有可能通向永远回不到上一步的地方。

我们进入了一片陷入大地的赭红色起伏地带。而在此之前，在这片大地上往返过许多趟，对这一处根本没有印象。我提醒叔叔往回走，他却认为反正都是朝南的方向，怎么走都会走到乌伦古河的，沿着乌河往下游走，怎么走都能走到家。这会儿我也没什么主见，只好听他的。

在大地西方，有静穆的马群在斜阳下拖着长长的影子缓缓移动，一个牧马的少年垂着长鞭，静坐在马背上，长久地往我们这边看。我建议向这个孩子问一下路，但他离我们太远了。而我叔叔想要再往南走几公里，走出这片红色的戈壁滩，走到前方的高处看看地形。

到了后来，我们还是不得不回头去找那个少年。为抄近路，我们的摩托车离开浅色的土路直接开进深色的赤裸粗硬的野地，往西北方向走了很久，却再也找不到刚才的马群和孩子了。可能又一次迷路了。大地上空旷无碍，天空的云丝丝缕缕地稠密起来。眼下的世界虽然清晰依旧，但黄昏真的来临了。那五六小瓶汽油烧到现在，不知还能折腾多久。

我们在戈壁滩上停下来，脚下是扎着稀疏干草的板结地面。我弯腰从脚边土壳中抠出一枚小石子，擦干净后发现那是一块淡黄色渗着微红血丝的透明玛瑙。再四下一看，脚下像这样的漂亮石子比比皆是，一枚挨一枚紧紧嵌在坚硬的大地上。我乱七八糟拾了一大把，揣进口袋。这时，抬起头来，看到远远的地方有烟尘腾起。

我们连忙骑上车向那一处追去。渐渐地才看清，居然是一辆卡车！还是车头凸出一大块的那种浅蓝色的雷锋时代的"老解放"……真是见了鬼了。好像我们迷了路后，就穿越到了过去年代似的。

近了，才看清这辆车实在是破得可以。咣咣当当地在大地上晃荡着前行，随时都可能散架的光景。肯定是一辆黑车。远远超过了法定的使用年限，但还是能使用，下半辈子便只能行驶在这种永远不用提防交警的"黑路"上了。荒野将它从很久以前藏匿到如今，像是为世界小心地保存了一样逝去的东西……

司机察觉到有车在后面追，就停了下来，静止在远处的大地上。我们赶到时，他正靠在半开着的车门上卷莫合烟。

问明来意，他建议我们跟在他的大车后面走，否则太危险了。可是他所去的地方同我们要去的不在一块儿。虽然也可以从那边再绕到我们的目的地，但我们实在是急于往家赶，不想再绕远了。而且，大车所到之处，尘土漫天，跟在它后面吃土不是舒服的事。于是我们仔细地问清路后，就道谢分别了。

那司机再三告诫我们不能走西边的岔路，一遇到岔路千万记得往左拐，一直往左拐怎么着都会到达乌河的。

这个司机真是好人啊，就像他的古董车一样实在。他还取了根管子出来，往我们的油箱里又给灌了些油，最后还送给我们半瓶水。

接下来我们告别，朝着两个方向，彼此在大地上渐渐走远了。

我一只手紧紧地抠着叔叔的肩膀稳住自己，另一只手插在外套口袋里取暖，太冷了，两只手不时互换。他越开越快，风越来越猛。我却在想：此后，再也回不到一个有玛瑙的地方了……

通往滴水泉的路

早些时候,通往滴水泉的路只有"乌斯曼小道"。乌斯曼是一百年前那个鼎鼎有名的阿尔泰匪头,一度被称为"哈萨克王"。

而更早的一些时候,在这片茫茫戈壁上,所有的道路都只沿其边缘远远绕过。那些路断断续续地,虚弱地行进在群山褶皱之中,遥遥连接着阿尔泰的绿洲和南方的草原雪山。没有人能从这片荒原的腹心通过。没有水,没有草,马饥人渴。这是一块死亡之地。唯一知道水源的,只有那些奔跑在沙漠间的鹅喉羚与野马,但它们不能开口说出一句话来。它们因为深藏着水的气息而生有晶莹深邃的眼睛。

大约就在那个时候,就有滴水泉的传说了吧?那时,只在牧民之间,寂静而神秘地流传着一种说法:在戈壁滩最最干涸的腹心地带,在那里的某个角落,深深地掩藏着一眼奇迹般的泉水。水从石头缝里渗出，一滴一滴掉进地面上的水洼中，夜以继日，寒暑不息。那里有着一小片青翠静谧的草地，有几丛茂盛的灌木。水流在草丛间闪烁，浅浅的沼泽边生满苔藓。那是一片狭小而坚定的沙漠绿洲——有人声称亲眼目睹过那幕情景。当时他身处迷途，几天几夜滴水未进，已是意识昏茫，濒临死亡。然而就在那时，他一脚踩入滴水泉四周潮湿的草丛中，顿时感激得痛哭起来。他在那里痛饮清冽的甘泉，泪流满面。

每一个牧民在荒野深处寻找丢失羊羔的时候，都坚信滴水泉就在附近。也许就在前方那座寻常的沙丘背面？他四面呼喊，又饥又渴地走过一座又一座沙漠中的高地，踮足遥望。野地茫茫，空无一物。但他仍然坚信着滴水泉。

滴水泉如同这片大地上的神明。它的水，一滴一滴从无比高远之处落下，一滴一滴敲打着存在于这里的一切生命痕迹的脉搏，一滴一滴无边无际地渗入苦寂的现实生活与美好纯真的传说。

然而，战乱使大地上不再存在安静的角落。滴水泉最终还是从牧民世代口耳相传的秘密中现身了。它的确切位置在戈壁滩平凡的遥远之处被圈点了出来。乌斯曼的烈马走出了一条忽明忽暗的道路，笔直地戳向滴水泉。那些烽火连天、浓烟四起的年月里，乌斯曼一手持匕首一手握马缰，无数次孤身前往这隐蔽狭小的绿洲，补充给养，休养生息。然后北上南下，穿梭战事。滴水泉的隐秘在无形间造就了这个"哈萨克王"的神出鬼没吗？在当时，除了戈壁边缘的官道以外，居然还有一条路也能使人在荒原上来去自如——这是乌斯曼的传奇，也是滴水泉的传奇。

在我很小很小的时候，还没有现在的216及217国道线，从富蕴县到乌鲁木齐，也没有开通固定的线路班车（不过当时也没有太多的人需要去富蕴县，而生活在富蕴县的人们，似乎也没有太多的事情需要离开）。要到乌鲁木齐的话，只能搭乘运送矿石或木材的卡车，沿东北面的群山一带远远绕过戈壁滩。一路上得颠簸好几天。我永远忘不了途中投宿的那些夜晚，那些孤独地停留在空旷雪白的盐碱滩上的旅店——低矮的、破破烂烂的土坯房，还有房顶上空辉煌灿烂的星空。

一次又一次，我被大人抱下车厢，被牵着往那里走去。心中涌动着奇异的激动，似乎知道自己从此就要在这个地方永远生活下去了。然而，我的命运直到今天仍没有停止。

那条被称为"东线"的漫长道路，只在夏天畅通。到了冬天，山区大雪封路，去乌鲁木齐只能走通过滴水泉的那条路。

司机们路过滴水泉，无疑是一件快乐的事情。无论当时天色早晚，都会停下来歇一宿。打水洗漱，升火烧茶泡干粮。等过了滴水泉，剩下的路程又将是几天几夜无边无际的荒凉。

后来，有一对夫妻从内地来到新疆，经历种种辗转后来到了滴水泉。他俩在泉水边扎起一顶帐篷，开了一家简陋的小饭馆，所需的菜蔬粮油全都由过往的司机捎送。这样一个小店对于司机们来说，简直天堂一般。于是，在往返这片戈壁滩的漫长旅途中，总算能过上一天"人过的日子"了。

然而这对夫妻，他们在那样的地方讨生活，不只是辛苦，更多的怕是寂寞吧？常常一连好几天，门口的土路上也不会经过一辆车。男的也常常会搭乘某辆路过的车离开一段时间。

再后来，多多少少发生了一些事情，那个女人跟着一个年轻的司机走了。那个男人也没有等待，不久后也走了。滴水泉又恢复了深沉的寂静。

不知又过去了多长时间，又发生了怎样的周折，那个女人和那个司机再次出现在滴水泉。帐篷又重新支了起来，还挖了个地窝子（能住人的地坑，上面盖有屋顶）。

于是饭馆重新开张了。泉水边还放养了几只鸡,简陋的餐桌上出现了鸡蛋和鸡肉。

在这里,司机们晚上也不用睡在狭窄的驾驶室里了。新的小饭馆还提供住宿的地方,虽然只是地窝子里的一面大通铺。

总会有一些时刻,大家都约定好了似的,突然间会有很多人同时光临滴水泉。那时,饭桌前的板凳都不够用了,吃饭时大家黑压压蹲了一屋子。睡觉的地方更是不够用。女主人便把自己的床铺让出来,又把饭桌拼起来,还在地面上铺上塑料布和毡子。一屋子横七竖八躺满熟睡的身体。

就在那一年春天,从乌鲁木齐到富蕴县的班车正式开通,每星期对发一趟。班车经过滴水泉时,整车的旅客同样会下车进食、休息。两人的生意前所未有地兴隆,滴水泉也前所未有地喧哗。于是两人决定把店面扩大。

整个夏天里,当车辆改道穿行在东线的群山中时,滴水泉是悄寂无声的。两个人决定利用这段时间盖几间新房子。

他们把泉水下的水坑挖成深深的池子,又挖了引水渠一直通向店铺门口。

泉水很小,他们用了一整个夏天的时间耐心地等待水池一次次蓄满,用这些水和泥巴、打土坯。土坯晾干后,土墙很快砌起。他们又赶着马车,从几百公里外拉来木头,架了檩子,搭好椽木。最后在屋顶铺了干草和厚厚的房泥。

就这样累死累活干了一整个夏天,房子起来了,新的饭桌也打制好了,新床也添了两个。他们坐下来等待冬天,等待第一辆车在门口鸣笛刹车,等待门帘突然被猛地掀开,等待人间的喧哗再一次点燃滴水泉。

但是,他们一直等到现在。

就在他们盖好房子的那一年,新公路在戈壁滩另一端建成通车了。通往滴水泉的路,被抛弃了。

那些所有的,沿着群山边缘,沿着戈壁滩起伏不定的地势,沿着春夏寒暑,沿着古老的激情,沿着古老的悲伤,沿着漫漫时光,沿着深沉的畏惧与威严……而崎岖蜿蜒至此的道路,都被抛弃了。它们空荡荡地敞开在荒野之中,饥渴不已。久远年代前留下的车辙梦一般印在上面。这些路,比从不曾有人经过的大地还要荒凉。

新的道路如锋利的刀口,笔直地切割在戈壁腹心。走这条路,只需一两天就可以到达目的地。一切都在上面飞速地经过,不做顷刻的停留。世界的重心沿无可名状也无可厚非的轴心平滑微妙地转移到了另一面的深渊。

滴水泉的故事结束了吗？滴水泉那些一滴一滴仍在远方静静滴落的水珠，还有意义可被赋予吗？从此再也不需要有一条路通向它了吗？再也不需要艰难的跋涉和挣扎的生活来换取它的一点点滋润了吗？如今我们所得到的一切，全都是理所当然的吗？

还有两个人，至今仍留在那片小小的绿洲上。仍然还在泉水边夜以继日打土坯，并在等待土坯晾干的时间里，冲着天空仰起年轻的微笑的面孔。只有他们仍然还在无边无际的等待之中，美梦丝毫不受惊扰。当我在这片荒野里独自走着走着，不知不觉又走上了通往滴水泉的旧道。野地里，路的痕迹如此清晰。不由得清楚地听到那个女人的声音。当她和她的情人无处可去、无可容身时，她勇敢地对他说："我们去滴水泉吧！"边说边为此流下泪水。

过年三记

散 步

我是腊月二十九晚上回到阿克哈拉的。大年三十我们大扫除了一通,晚上我们一边吃年夜饭,一边商量明天怎么过年。后来妈妈想出一个主意来,她说:"我们一大早起来,穿得厚厚的,暖暖和和的。把家里的三条狗也带上,一起穿过村子进入荒原,一直向南面走,直到走累了为止。"她还说:"这一次要去到最远的——远得从未去过的地方看看。"我们都是喜欢散步的。

于是,大年初一早上,我们吃得饱饱的上路了。最近这几天天气非常暖和,清晨一丝微风也没有,天空明净地向前方的地平线倾斜。远远的积雪的沙丘上,牛群缓缓向沙漠腹心移动,红色衣裙的放牛人孤独地走在回村的途中。

除此之外,视野中空空荡荡,大地微微起伏。

十七岁的大狗阿黄已经很老很老了，皮松肉懒的。牙齿缺了好几颗，剩下的牙也断的断，烂的烂，没一颗好牙。狗最爱的骨头它是嚼不动的，只能吃些馍馍剩菜。阿黄是我今年回家看到的家里的新成员。原来的大狗琼瑶死了。

阿黄原先是邻居家的狗。后来邻居搬家，嫌它太老了就不要它了。于是我们就把它带回了家。它一副懒洋洋的模样，整天趴在墙根下晒太阳，叫它三声才爱理不理地横你一眼。但一出了门就立刻变了样，精神抖擞。远远甩开赛虎和赛虎的狗宝宝小蛋蛋，从东边跑到西边远远的地方，再从西边跑回东边的远方。一会儿逮着野兔子狂追，一会儿在红柳丛中拼命扒土，一刻也静不下来。总是跑着跑着就跑到我们看不到的地方，急得赛虎和蛋蛋四处找它。

有好几次半天也没见它出现，我们便加快脚步，一边四面寻找一边大声呼喊。结果喊到筋疲力尽时，它却幽灵一样从背后冒了出来。

小狗蛋蛋第一次走这么远的路，一路上兴奋又紧张。我想它是崇拜阿黄的，看上去它极想跟着阿黄闯世界去，却又不敢远离我和我妈。于是便不停地在我们和远远的阿黄之间来回奔波。结果，它一个人走的路估计比我们四个加起来走的路还要多。

赛虎已经是妈妈了，非常懂事，一点也不乱跑。大部分时间跟在我们脚边一步一步地走。偶尔去追赶一下蛋蛋，有时也会去找阿黄。但阿黄总是对它好凶，龇牙咧嘴的，不许它靠近。

戈壁坦阔无边，我们两人三狗微渺弱小地行走在大地的起伏之中。有时来到高处，看到更远处的高地。起风了，三条狗蹲立在风中向远方眺望，狗耳朵吹得微微抖动。我们把衣领竖起来，解下围巾包住脑门，继续往前走。渐渐走进了一道干涸宽阔的旧河床里。这是一条山洪冲刷出来的沟壑。每年初夏暴雨时分，洪水都会从这里经过，奔向地势低的乌伦古河谷。长长的风刮去平坦处的积雪，裸露出大地的颜色。走在上面，脚下的泥沙细腻而有弹性，背阴的河岸下白雪皑皑。赛虎和蛋蛋一头扑进雪地里打滚。我和我妈顺势把两条小脏狗塞进雪堆里，用碎雪又搓又揉，好好给它们洗了个澡。等洗完了，我们的手指头都快冻僵了。

越往前走风越大，天空越蓝。我妈说拐过前面那座沙丘就会有树。不久后，果然就看到了树。已经走过那么远的空无一物的荒野，突然看到树，真是难以言喻的感觉。在阿克哈拉，以为树只长在湿润的乌河两岸。想不到离水源那么远的戈壁滩中也有。

一共大约十来棵，都是杨树。有三棵在远一点的地方安静地并排生长着，其余的凑成了一片小小的树林。林子里长着芨芨草、红柳和铃铛刺等灌木。我们走出河床，向三棵树那边走去。看到树下有毡房驻扎过的圆形痕迹。这些树离地两米高的地方一点树皮也没有。肯定是被骆驼啃的。虽然裸露着光滑结实的木质，但它们并没有死亡。

我妈向我描述了一下她所观察到的骆驼吃树叶的情景：先用嘴衔住树枝的根端，然后顺着枝子一路撸到枝梢上。于是，这条树枝上的全部树叶一片不剩地全都撸进了嘴里，又利索又优美。骆驼真聪明，不像牛和马，只会逮着叶子多的地方猛啃一通，一点也不讲策略。

出了林子继续向南，风越来越大。快中午了，赛虎和蛋蛋都累得直吐舌头。只有阿黄仍兴致勃勃地东跑西跑，神出鬼没。我们又走上一处高地，这里满地都是被晒得焦黑的拳头大小的扁形卵石，一块一块平整地排列在脚下，放眼望去黑压压一大片。而大约两百米远的地方，又有一个铺满白色花岗岩碎片的沙丘。两块隆出大地的高地就这样一黑一白地紧挨在大地上，相连处截然分明。天空光滑湛蓝，太阳像是突然降临的发光体一般。每当抬头看到这太阳，都好像是有生以来第一次看到一样——心里微微一动，惊奇感转瞬即逝，但记起现实后的那种猛然而至的空洞感却难以愈合。

月亮静静地浮在天空的另一边,边缘薄而锋利。

虽然脑袋上包着围巾,但我的额头和后脑勺还是被风吹得冰冷发疼。咽喉也有些疼。大家便开始往回走。回去的路恰好迎着风,于是我们都不再说话了。满世界只有风声,呜呜地南北纵行、通达无碍。阿黄终于也累了似的,再也不乱跑了。三个狗并成一排跟在我们脚边。赛虎本来就身体不好,更是累得一瘸一瘸。我和我妈只好轮流抱着它走。

我妈边走边骂阿黄:"刚才我们叫你,为什么不理?就只顾自己瞎跑。哼,现在再听话再摇尾巴也没有用了!不理你!"

放烟花

平时村里还有两三家汉族人,但到了过年那几天就只剩我们一家人了,另外几家都去县城过年。平时遇上古尔邦节啊开斋节啊等穆斯林节日,我们也会跟着大家一起高兴高兴。而汉族自己的旧历年却似乎很多年都不曾正经地过过。但今年却决定认认真真过个年。为此我还特意在城里买了几个烟花,决定大年三十晚上也热闹一下。回家的路五百多公里，倒了三趟班车。一路上一直很怕被发现。据说带烟花爆竹上班车是违法的。

回想一下，长到这么大，还从来不曾放过炮仗烟花这些玩意儿呢。小的时候看邻居家孩子玩，也并不特别向往。长大后更没啥感觉了，反正我们家又从来不过年的。再说了，花那么多钱买回来，点燃后"砰砰"几下就烟消云散、一地碎纸——实在不划算。

但这一次却不知想到了什么，从来都没过过年的人，却突然那么想过年……莫非，年岁不饶人？

吃过年夜饭，还一起兴致勃勃看了春晚——很多年来这也是第一次。然而信号太差，电视屏幕上的噪音与雪花点势均力敌。看这样的电视，除了视力外，还得运用非凡的想象力。看到后来实在忍受不下去了，便出去踢了两脚天线锅。回来时发现情形更糟，索性关了电视，决定开始放烟花。

没有月亮，外面漆黑一团。但星空华丽，在世界上半部分兀自狂欢。星空的明亮与大地的黑暗断然分割。站在院门口，一点也看不到村子里的其他房屋。没有一点灯火。这时候村子里的人都睡下了吗？又站了一会儿，才渐渐看清邻居家的院墙。

我妈打着手电筒照着我，看着我踩着墙角的柴禾垛把烟花小心放到黑乎乎的屋顶，插进屋顶积雪。又递上来几块石头，让我抵住烟花，防止它喷燃的时候会震动翻倒。四周那么安静。我没穿外套，时间久了，冻得有些发抖。牙齿咬得紧紧的，却非常兴奋。

接下来我们商量由谁来点燃。从没干过这种事，居然有些害怕。

"不会炸掉吧？"

"应该不会……"

"导线会不会太短？"

"应该不会……"

"会不会引起火灾？"

"应该……"

讨论完毕，我俩都冻得抖抖索索的了。加之害怕，打燃火机后好半天才能瞄准引火线。

烟花一点问题也没有。和曾经看到过的一样，一串串缤纷闪亮的火球从筒子里迸出，高高地冲向漆黑的空中，然后喷爆出一道道金波银浪。四周寂静无声，白雪皑皑。这幕强烈的情景非但没能撕破四周的寂静，反而更令这寂静瞬间深不见底。不远处的荒野在烟花的照耀下忽明忽暗。更远的地方，沙漠的轮廓在夜色中脉动了两三下。

时间非常短暂，我赶紧进房子去拉外婆。我妈也四处去唤赛虎和蛋蛋出来看。

外婆走得太慢,等拄着拐一步一步挪出门,都已经结束了,只看到残落的星星点点碎花最后飞溅了两三下。尽管如此,她还是很高兴,惊叹了好几声。然后赶紧躲回屋子。外面太冷。

赛虎是个大笨蛋,一看到外面亮晶晶的,就一头钻到床底下死活不肯出来了。小狗蛋蛋还跑到门口对着天空叫了几声呢。老狗阿黄则见怪不怪,卧在门口的狗窝里埋头大睡,一点兴趣也没有。

我开始点燃第二个烟花筒。这回这个是喷花。彩色的火花像喷泉一样滋啦啦地四面乱溅,还甩得噼里啪啦直响,特别热闹。我和妈妈并排站在雪地里仰着头,看着烟花不顾一切地挥霍着有限的激情。这烟花之外,四面八方茫茫无际的荒野沙漠……我们是在戈壁腹心,在大地深处深深的深深的一处角落里,面对着这虚渺美好的事物……此时若有眼睛从高远的上方往下看到这幅情景,那么这一切将会令他感到多么寂寞啊!

同上回一样,外婆好容易走到大门外,又只看到了点尾巴。

于是我不许外婆回去了,就让她在雪地里等着,当着她的面点燃第三个烟花。我妈也把赛虎硬拖了出来。

火花刚刚一闪,赛虎"嗖"的一声就没了,消失在远处的夜色里。但没过一会儿,大约觉得独自一个没安全感,又想回到我们这边来,便以烟花为圆心,绕了五六米的半径迂转回来。

这时,在火光中,才看清院墙外黑暗中的高处不知什么时候已经站了两三个人,正静静地仰头凝视着这幕绚烂的——对遥远闭塞的阿克哈拉来说根本就是"奇迹"般的情景。我认出其中一个女人是我们的邻居。她穿着破旧的长裙,裹着鲜艳的头巾,笔直单薄地站在那里。有一瞬间我看到她宁静冷淡的大眼睛在烟花的照耀下是那样年轻。

远处有一两幢房子的灯亮了,有人正在烟花的照耀下披着衣服往这边走。

但这一次同样很快就结束了。

我一共只买了三个烟花。再也没有了。他们又站了一会儿,等了一会儿。彼此间低声说了几句话,才安静地消失在黑暗中。

谁知到了第二天,从荒野散步回来,一路上遇见的人都会由衷地赞美一声:"昨天晚上,你们房子那里好漂亮啊!"

真让人纳闷,深更半夜的,怎么会有那么多人看到呢?

甚至,连住在远远的河对岸的老乡套着马爬犁子(马拉雪橇）来我们村里买东西时也这么说："昨天晚上你们那里真漂亮啊！你们家过年了吗？"

别说，这还真是阿克哈拉第一次有人放烟花呢！明年过年的时候我再也不买这种便宜货了，一定要买那种最粗最大的，可以看好长时间的。一定要买好多好多，让所有人好好看个够。

有关外婆

外婆真讨厌。除夕大扫除，我们累得半死，她一点不帮忙，还尽添乱。嘴巴又刻薄，你要是说她两句，她能把你冲死。

"外婆！刚扫了地，不要往地上吐瓜子壳了！"

"咦，我吐我的，你扫你的。我往地上吐，又没往你脸上吐。"

"外婆！不要乱翻我的包包！"

"这是你的啊？"

"当然是我的！"

"那它是长得像你还是跟着你姓？"

"……"

"你这个老太婆！洗了手再拿筷子好不好？！"

"晓得啥子哟，不干不净——不得病……"

"……"

你在这边努力地擦洗灶台，忙得没鼻子没眼。她老人家却一会儿跑来打个岔，一会儿又跑来骚扰一番："娟啊，今天嘛过年。我嘛，来你屋里吃夜饭，空起手啥子也没拿，只带起来一个好东西，便宜卖给你吧！你买不买？"

我百忙之中扭头一看，她笑眯眯地靠在厨房门上，两只手背在后面。隐约看到我给她买的绒毛小毛驴玩偶的尾巴。

"不买！"

"为什么不买？"

"太贵。"

"不贵不贵，只要两块钱。"

"我只有五毛钱。"

"不行，最低一块五。"

我就不理她了。

她在那儿又兴致勃勃地吹嘘了一会儿，见我这人实在没啥意思，就扭头去找赛虎：

"赛虎，我有个好东西你买不买啊？"

好容易忙完，一家人坐到一起开始吃饭。她就更兴奋了，一桌子就她的话多。

喝一口稀饭："哎哟！哪个做的饭？煮熟就可以了嘛，哪么煮这么烫？"

用筷子在稀饭里搅一搅："天老爷！清汤寡水的，老子要挽起裤脚跳下去才能捞到几颗米。"

又在菜里翻一翻："我女娃子切的肉，鱼眼睛那么大，硬是找都找不到！"

找到一大块肉后赶紧放到嘴里："呸呸呸！我女娃子硬是盐巴克，盐巴克……"

"盐巴克"的意思就是"盐的克星""盐的死对头"。我们夹口菜一尝：哪里咸啊？老太太分明是没事找事。

不管怎么说，大家在一起吃饭，总归是快乐的。外婆呢，虽然怪话多，又爱找茬，但所有人里就数她吃得最多。她喝完稀饭，又颤颤巍巍站起来。

"干什么？"

"舀饭啊，再给我舀半碗，再给我舀一坨红苕……"

想起外婆吐舌头的样子

想起外婆有个习惯性的小动作，就是吐舌头。通常这一动作会出现在她老人家做了错事之后。而她做了错事通常会先掖着瞒着。比如打碎了糖罐子，就悄悄把碎片扫一扫，剩下的糖撮一撮，换个一模一样的罐子装了原样摆着。直到你问她：糖为什么突然少了半罐子？她才吐吐舌头，笑眯眯地坦白。

金鱼死后，鱼缸一直空在那里，空了很久。有一天却发现鱼缸有些不对劲儿，似乎缩小了许多。端起来左看右看，没错，是瘦了两三寸。逮住外婆一问，果然，是她老人家打碎后又悄悄去市场买回一个。大约是原样大小的有些贵了，便买了小一号。还自以为神不知鬼不觉呢。当然，被揭穿后，也只是吐了一下舌头而已。

吐舌头的外婆，飞快地把舌头吐一下，"对不起"和

"气死你"两种意味水乳交融。而且又吐得那么快,一转眼就神情如故,该干什么干什么去了。休想让她为做错的事情多愧疚一丝一毫。

然后又想到外婆的竹林。

外婆的老家不是我的老家,我从没有在那里生活过。但想到外婆正是在那里的一间老瓦房里生活了近半个世纪,就觉得那里实在是一个无比温柔之处。老屋前前后后种着重重竹林,我从坡上走下来,一走进竹林,就听到外婆的声音。她正在塌了半边的老屋门口和一群乡下女子说笑。她手持长长的竹竿(后来,她用这竹竿为我从橘子树上捅下来许多鲜艳的橘子),站在那里大声揶揄其中一个女邻居,好像是在模仿她夫妻俩之间的什么事。所有人笑得前仰后合。那女人又急又气,抡起巨大的竹扫帚挥打外婆的屁股。我站在半坡的竹林里看了好一会儿。当外婆和我们一起生活时,我们是否也给过她同样的快乐?那时她八十五岁了,已经离开我们两年,独自回到乡下的旧居,在废墟里仅剩的半间老屋里生活。

我一边大声喊外婆,一边从坡上走下来。所有人都回头仰望我来的方向。外婆答应着,意犹未尽地继续数落着那个女人,继续大笑,一边向我迎上来。我从上往下看到旧屋天井里的青石台阶,看到一根竹管从后山伸向屋檐下的石槽，细细的清泉注满了石槽。世界似乎一开始就如此古老。

从来没想过，离开熟悉的地方会是这么可怕的事情！外婆终究没能留在老家的坟山里。她孤零零地被埋在万里以外的戈壁荒滩中，好像她在死之后还得再重新开始一场适应新生活的漫长过程。好像她孤独的、意志坚决的一生仍不曾结束。

之前两天，我紧赶慢赶，还是晚了一步。差了十个钟头。接到噩耗后，我仍然坐在夜班车上继续往家赶，往已经死去了的外婆身边赶。我知道她还在等我。我不能勘破生死，但也能渐渐明白死亡并不可怕。死亡不是断然的中止，而是对另外一场旅行的试探吧？外婆死前有那么多强烈的意愿。她挣扎着要活，什么也不愿放弃。她还有那么多的挂念。然而一旦落气，面容那么安和、轻松。像刚吐完舌头，刚满不在乎地承认了一个错误。

死亡之后那辽阔空旷的安静感，是外婆最后为我所做的事情。以前念小学的时候，很多个清晨我起床一看，早饭又是红苕稀饭和酸菜，就赌气不吃，饿着肚子去上学。因为我知道，不一会儿，外婆一定会追到学校来给我捎一只滚烫的红糖锅盔……那时我都上六年级了,六年级班设在六楼。八十岁的外婆,怀里揣着烫烫的锅盔,从一楼开始慢慢地爬楼梯。在早自习的琅琅书声中,一阶一阶向上。爬啊爬啊,最后终于出现在六楼我的教室门前……那是我所能体会到的最初的、最宽广的安静感……在外婆给我带来的一场又一场安静之中,生命中的恶意一点点消散,渐渐开始澄明懂事起来。今天的我,似乎达到了生命中前所未有的勇敢状态,又似乎以后还会更加勇敢。

又想起那一次,我拎了一只公鸡去乡下看外婆。独自走过漫长孤独的山路,几经周折才找到陌生的老屋。外婆迎上来对我说:"我很想你,我天天都在想你。"

外婆,你不要再想我了,你忘记我吧!忘记这一生里发生过的一切,忘记竹林,忘记小学的六楼。吐一吐舌头,继续你绵绵无期的命运。外婆,"痛苦"这东西,天生应该用来藏在心底,悲伤天生是要被努力节制的,受到的伤害和欺骗总得去原谅。满不在乎的人不是无情的人……你常常对我说:娟啊,其实你不结婚也是可以的,不生孩子也是可以的。你不要再受那些罪了。你妈妈不晓得这些,我晓得的……外婆,直到现在我才渐渐有些明白你的意思。虽然现在的我还是一团混沌,无可言说,无从解脱。但能想象得到，若是自己也能活到九十六岁，仍然清清静静、了无牵挂，其实，也是认认真真对生命负了一场责。最安静与最孤独的成长，也是能使人踏实，自信，强大，善良的。大不了，吐吐舌头而已……

蝗 灾

蝗虫来了。

他们说蝗虫来的时候,跟沙尘暴似的,半边天都黑了,如乌云密布,遮天蔽日。人往重灾区一站,不一会儿身上就停满了虫子,像穿了一身又硬又厚的盔甲。

那情景是我没有见过的。

还有这么一个数据,说今年闹蝗灾的地区,最高虫口密度为一万五千只/平方米。这也是我没见过的。想想看,一个平方的面积里居然能挤下一万五千只蝗虫!那肯定是虫摞虫了,而且还会垒得很高很高。一个平方一万五千只!真恶心……他们怎么算出来的?难道还一只一只地数过吗?真恶心……

为了抵御这场灾害,政府号召灾区群众多养鸡。有人告诉我,养鸡灭蝗的事情还给编了新闻上了电视呢。画面的大概情景就是:村干部们全体出动,把一群鸡从山上往山下呼呼啦啦地赶，鸡们纷纷展着翅膀，光荣地浩浩荡荡冲向抗灾一线。

哎！肯定吃美了！

可惜，那幕情景还是没有亲眼见过。

说到养鸡，想起了另外的一件事。十几年前塔克什肯口岸刚刚开关的时候，我的一个表姐也去那里做生意了。我和我妈便跟着去瞅了瞅热闹。在那里，政府要求当地群众积极参与贸易活动。提倡的办法之一也是号召大家多养鸡，因为鸡下了蛋就可以用鸡蛋进行边贸互市了。另外，还可以把鸡做成红烧鸡卖给外国人吃。可能蒙古国那边只养羊，不养鸡吧……

呃，回过头来再说虫灾。那么多的虫，鸡能对付得了吗？一个个吃到撑趴下，也是趴在虫堆里吧？那么多的虫——每平方一万五千只……太可怕了。

不过用鸡灭蝗好歹属于生物技术呢。听说还有的地方在喷药。喷药当然会更有效一些，但那么做总让人感觉不舒服："药"比蝗虫更可怕吧？因为它实在太"有效"了，全盘毁灭一般地"有效"，很不公平地"有效"。

我们在深山里的库委牧场，离灾区还很远，但也能明显地感觉到蝗灾的迹象。尤其是前山一带地势坦阔的地方。往草丛里扔一块石头，就像往水里扔一块石头似的

"哗啦啦"溅起一大片。在又白又烫的土路两边，一片一片全是黑乎乎的东西。开始还没在意，后来不小心踏上去一脚，踩死一大片，才知道……

我们这里的小孩子，钓鱼用的饵全都是蝗虫。不知道这有什么好吃的，鱼居然也能给骗上钩。

我记得小时候，还在县城里上小学时，我经常穿过整个县城去到北山脚下找一个叫玲玲的女孩玩。她还有两个妹妹，一个叫霞霞，一个叫明明。她家的房子很破，很空，但是很大。院墙从南到北、山上山下地围了一大圈，差点儿就无边无际了。她们的父母总是不在家，我们就可以自由自在地在院子里跑来跑去地玩。后来我们跑了出去，外面是成片的戈壁滩、起伏的粗砾沙丘。我们四处捡拾干牛粪，拾回来可以当柴烧。因为她家很穷。穷人就烧这个，富人则一年四季都烧煤。我们去了很远很远，远得快要回不来了。后来我们回来时，红日悬在山头，晚霞辉映大地。我们放下牛粪块，开始捉蝗虫玩。那么多的蝗虫，那个时候就已经有那么多了。

——我们轻轻地走上前，轻轻地蹲下身子，突然罩上手，一下子就逮住了。捂在手心的虫子仍虚弱地挣扎着。因为它是活的，有生命的，于是捏在手心里总是令人异样地兴奋。它的腿能动,关节灵活;触须虽然看来和麦芒一样,但却是有感觉的,是灵敏的,再轻微的触碰都会使它迅速做出反应;还有它的翅子,那么精巧对称……对一只蝗虫仔细观察,从寻常中看出越来越多的不可思议时,世界就在身外鲜明了,逼近了……我看到玲玲的眼睛闪着瑰丽的光。抬头一看,绯红的夕阳恰在此时全部沉落西山,天色迅速暗下来。一回头,一轮大得不可思议的金黄色圆月静止在群山之上。

蝗虫是有罪的吗?作为自然界理所应当的一部分,它们的种种行为应该在必然之中:必然会有蝗灾出现,必然得伤害人的利益以维护某种神秘公正的平衡。当蝗虫铺天盖地地到来的时候,我们为保护自己而使用的任何方法,其实也是对自己的另一种损伤吧?

唉,我们这个地方的农牧民真倒霉:不下雨的时候总是会闹旱灾,雨稍微一多又有洪灾;天气冷的时候有雪灾,太热了又有冰雹灾;秋天会有森林火灾,到了夏天呢,看看吧,又总是有蝗灾。此外还有风灾啊,牲畜瘟疫啊什么的。然而尽管如此,还是有那么多的人愿意在这里继续生活,并且也不认为受点天灾有什么太委屈、太想不通的。

蝗虫也愿意在这里生活呢，草地一片一片地给它们咬得枯黄，于是羊就不够吃了。蝗虫真可恨，但也可怜。因为它们的初衷跟羊一样，只是找口吃的而已。

比起蝗虫，羊群的规模更为庞大，并且发展态势更是不可阻挡。我们所有的行为都向羊的利益倾斜，其实是向自己的利益倾斜——我们要通过羊获得更宽裕的生活，什么也不能阻止我们向着无忧无虑的浪费一步步靠近。我们真强大，连命运都能控制住了。

蝗虫来一拨，就消灭一拨。我们真强大，一点儿不怕它了。

可是，这是不祥的……因为蝗虫仍在一拨一拨地继续前来，并且越来越难以对付（名字也越来越神气，什么"亚洲飞蝗"啊，"意大利蝗"啊……）。自然界的宏大程序继续有条不紊地一步步推进，无可抗拒。尽管什么也看不到什么也感觉不到，只能以本能的敏感去逼真地体验些什么。

只知道，"更多的那些"，已经不像蝗虫那样好打发了。又想起童年中的玲玲和明明。此时，不知她们正在世界的哪个角落里平凡地生活。已经完全忘记了过去那些蝗虫的事情，一日一日地被损耗着。

我们这里的澡堂

洗澡应该是一件快乐的事情。要不然怎么会有那么多人喜欢在澡堂子里放声歌唱呢？——开始只是一个人在哼，后来另一个人随着调子唱出声来。就这样，一个接一个地，最后就开始了大合唱。再后来，隔壁男澡堂也开始热烈地回应。异样的欢乐氛围在哗哗流水中一鼓一鼓地颤动，颤动，颤动，幅度越来越大，周期越来越短……这样的欢乐竟不知该如何收场。哪怕已经结束了，事后也想不起是怎样结束的。

有的时候自始至终只有一个人在唱，而且自始至终只唱一首歌，还只唱那首歌中高潮部分的最后两句。不停地重复啊，重复啊，像是刀尖在玻璃上重复刮刻……幸好这"重复"顶多只有洗完一次澡的时间那么长。要是如此重复一整天的话，肯定会令听者产生幻觉的。而且幸好这是在澡堂子里。澡堂微妙的氛围似乎可以包容一切神经质的行为。

回音总是很大。水在身体外流，久了，便像是在身体内流。很热。水汽浓重……不知道唱歌的那人有着怎样一副爱美的身子……她反复哼唱的那句歌词，始终分辨不清其内容，声调却尖锐明亮——尖锐明亮而难以分辨内容，真是一种奇妙的感触。

更多的时候是大家都在无意地、悠闲地哼着不成调的曲子。相互认识的人一边搓澡一边聊着无边无际的话题。这话题不停地分叉，越走越远，几乎自己都快要在自己的庞大复杂的分支迷宫中走失了。它们影影绰绰漂浮在澡堂中，忽浓忽淡，往排气扇方向集体移动，消失于外面干爽凉快的空气中。

歌声是次要的。唱歌的那人可能也并未意识到自己正在唱歌。身体一丝不挂，举止单纯，额外的想法暂停。灵巧的双手不停地揉搓澡巾，洗过的长发在头顶扎成团歪倒在前额上。肤色水淋淋的明亮，身形交错。小男孩们隔三岔五地尖叫，甩着小鸡鸡跑来跑去。小女孩们则为自己为什么没有小鸡鸡而深感诧异。

家庭主妇们拎着水桶和盆，扛着搓衣板，挨个调试水龙头。后来终于找到水流相对大一点的龙头，然后摆开阵式，埋首肥皂泡沫中，赤身裸体地奋力对付天大的一堆脏床单、窗帘、被罩。

年轻妈妈们还搬来了澡盆,澡盆里还漂着塑料玩具。妈妈们一边搓揉头发上的泡沫,一边厉声斥责孩子不要啃塑料鸭鸭,不要喝洗澡水。

还有人正在努力刷牙,满嘴泡沫,浑身抖动。也不知要刷到什么程度才算完。何止牙齿,可能连扁桃体也没有放过。

老板娘和顾客在外面吵架,听声音,几乎快要动手了。

这边又开始了新一轮大合唱。

突然有小孩子惊天动地地大哭,四处喊着找妈妈。找到妈妈后,妈妈顺手抽他一个大耳刮。

澡堂里总是热气腾腾、水汽缭绕。人多的时候,更是又闷又挤,有时得三个人共用一个龙头。人与人之间,最轻微的接触间有最黑暗的深渊。不时有陌生人挤过来主动提出要帮我搓背。被我谢绝后,她会立刻请求我帮她搓背。

龙头和龙头之间没有隔挡,洗澡的人面对面站着,看过来的视线中途涣散。水很大,一股一股地奔泻。澡堂中央的大池子水汪汪的,不时有小孩在里面摔倒的声音。但尖厉的哭声要酝酿三秒钟之后才能迸发出来。

外面的更衣室四壁和天花板悬满水珠,一滴一滴冰凉迟缓地落下。灯光静止、幽暗。正在穿衣服的人肢体洁白，面目模糊。却有人端着一大盘热气腾腾的炒菜汤饭，笔直穿过更衣室，掏出钥匙，打开尽头的小门闪进去。等她再出来时，已经换了身衣服，拿着雨伞，挽着小包。她把门依旧锁上，穿过更衣室消失在另外一扇门后。这个更衣室为什么有那么多的门？

有衰老的身体背对着我站着，身体濡湿，衬裙多处浸成了透明。她没有办法将身体擦干，而且她太胖了，手臂不能转到后面，不能抬得更高。她低声唤我："孩子，孩子……"又说道："拉一拉吧……"她是一个哈萨克老人。我走过去，看到她的衬裙在背后拧成了一股绳。我伸手去拽，感觉到肌肤和衬裙间的巨大摩擦力。水很顽固，我帮着拽了好一会儿才将布料弄平展。然后我沉默着走开，她也没有道谢。她很老很老了。老人不应该一个人出来洗澡。更衣室里有不祥的预兆。

之前，我记得她关上水闸门后，站在微微滴水的水龙头下就开始穿衬裙，似乎不愿裸身经过旁边的年轻人。经过我时，伸手扶着我的胳膊，小心地走过水池边缘，然后再经过下一个人，再扶着那人慢慢地走过，接着又是下一个。沿途的水花一片一片地淋在她的衬裙上。她神情轻松。衬裙的蕾丝花边在腾腾的水汽中闪着光。

另有一个刚刚开始发育的女孩,水淋淋的皮肤光滑黝黑,身子颀长柔弱,每一处起伏,都是水波静止后唯一不肯停息的一道涟漪……鸟起飞之前瞬间的凝息。鸟羽干净,翅子微张……还有水晶中自然形成的云雾——透过这块水晶,看向蓝天,那云雾轻微地旋转。而最美的是位于那旋转正中央静止不动的、纤细的轴心。

她站在水中,水花四溅。我亲眼看到,那水花并不是触着她的身体才溅开去,而是触着了她所散发出来的光芒才溅开去。

在澡堂洗澡,我这平凡的身子,平凡的四肢,不久后将裹以重重的衣裳,平凡地走在黄昏之中。这平凡的生活,这平凡的平安。我不再年轻了,但远未曾老去。千万根头发正在生长,几处伤口正在愈合。患关节炎的双膝"嘎吱"微响,颈椎骨刺轻轻地抵着只能以想象感觉到的某处。疾病在身体深处安详地沉睡,呼吸均匀,而青春在一旁秉灯日夜守护。她想唤醒他,但忍了又忍,泪水长流……这些,都由我的身体小心裹藏着。我的身体正站在水龙头下的激流中。很多次发现澡堂里最后只剩下了我一人。空旷,寒冷。澡堂中央的大水池平静明亮。

我去洗澡，不知为何总是会忘记带一样东西。这样东西常常会是梳子。于是走出澡堂时，湿答答的头发总是胡乱纠结着的。

　　有两次忘了带毛巾，只好站在更衣室里慢慢晾干。

　　忘记带拖鞋的话，一进更衣室就会发现。然后匆忙回家取。等拎着拖鞋回来时，健忘的老板总会让我再付一次钱。

　　忘带香皂的时候，就用洗发水代替。忘带洗发水了，就用香皂洗头发。但是有好几次，香皂和洗发水同时忘带了。

　　后来，我就用一张纸条把需要带的所有东西一一记下来，等下一次出门时，对着纸条清点物品，这才万无一失地出门。可是，到了地方才发现还是忘带东西了，而且是最最重要的……钱，两块钱，洗一次澡的两块钱……

　　于是我又在纸条上把"钱"这一项加上。

　　可是等到再下一次时，出门之前却忘记了看纸条……

　　再再下一次，干脆连纸条都找不到了。

　　…………

　　去澡堂洗澡，带必备的用品——这是很简单的事情。我却总是做不好。当我侧着身子，又一次绕过水池走向我经常使用的一个龙头时，便拼命想：这一次忘记了什么呢？这一次又是什么在意识中消失了呢？还有什么是我没法感觉到、没法触及的呢？我侧着身子，在拥挤的森林中行进，草丛深厚，灌木浓密，树木参天。我发现一只静静伏在布满翠绿色字母图案的蛛网上的，背部生有红色塑料纽扣般明亮的奇妙器官的六脚蜘蛛……我轻轻地扒开枝叶，俯身在那里，长久地看着。这时有人从我背后悄悄走开，永远走开……而在此之前，我已在这森林里独自穿行了千百年，没有出口，没有遇到任何人。

我家过去年代的一只猫

我们祖上几乎每一辈人都会出一个嗜赌成性的败家子。到了我外婆那一代,不幸轮到了我外公。据外婆回忆,当时破草屋里的一切家私被变卖得干干净净,只剩一只木箱一面铁锅和五个碗,此外就只剩贴在竹篾墙上的观音像及画像下一只破破烂烂的草蒲团。连全家人冬夏的衣裳都被卖得一人只剩一身单衣,老老少少全打着赤脚。

但是外婆一直藏着一只手掌心大小的铜磬。那是她多年前有一次走了五十里的山路,去邻县赶一场隆重的庙会时买的。对她来说,这只小小的磬是精美的器物,质地明亮光滑,小而沉重,真是再漂亮不过了。更何况她曾亲眼见过庙子里的和尚就是敲着它来念经的(当然,那一只大了许多),于是它又是神圣的。

她时常对外公说,那是观音菩萨的东西,不可"起心"。可外公偏偏起了心,有一天输得红了眼回家对外婆拳打脚踢，逼她交出罄。后来外婆实在是被打急了，只好从怀中掏出来掷到门槛外，然后一屁股坐到地上大哭起来。

六十多年过去了，外婆至今还时常唠叨起那只小罄，不时地啧啧夸赞它的精巧可爱。而那个男人曾经对她造成的伤害，似乎早已与她毫无关系了。毕竟外公都已经过世半个多世纪。死去的人全都是已经被原谅的人。

此外，外婆时常会提到的还有一只大黄猫。那是继外公卖掉罄之后，第二个最不该卖的东西。

第一次大黄猫被卖到了放生铺。放生铺离家门口不到十里路，清早捉去卖掉的，结果还没吃晌午饭，那黄猫就自己跑回来了。外婆和孩子们欢天喜地，连忙从各自的碗里滗出一些米汤倒给猫喝。

结果第二天一大早猫又被外公捉去了。这次卖到永泉铺。永泉铺更远一些，离家有三十多里。外婆想，这回猫再也回不来了。结果，那天外公还没回来，那神奇的大黄猫就又一次找回了自家门。亏得外公赶集去的一路上还是把它蒙在布袋子里，又塞进背篓里的。

外婆央求外公再也不要卖了。她说，只听说卖猪卖鸡换钱用，哪里听说卖猫的！再说谁家屋头没养只鸡、养条狗的，而自家连鸡都没有一只，就只剩这最后一条养生了……又说,这猫也造孽,都卖了两次还想着自家里头,就可怜可怜它吧……但外公哪能听得进去!过了不久,龙林铺逢集时他又把那只黄猫逮走了。

龙林铺在邻县境内,离我们足有五十多里。虽然都晓得这回这猫怕是再也回不来了,可外婆还是心存侥幸。她天天把院子里那只喂猫的石钵里注满清水,等它回家。

这一次,却再也没有等到。

我在新疆出生,大部分时间在新疆长大。我所了解的这片土地,是一片绝大部分才刚刚开始承载人的活动的广袤大地。在这里,泥土还不熟悉粮食,道路还不熟悉脚印,水不熟悉井,火不熟悉煤。在这里,我们报不出上溯三代以上的祖先的名字,我们的孩子比远离故土更加远离我们。哪怕在这里再生活一百年,我仍不能说自己是个"新疆人"。

——哪怕到了今天,半个多世纪都过去了,离家万里,过去的生活被断然切割,我又即将与外婆断然切割。外婆终将携着一世的记忆死去,使我的"故乡"终究变成一处无凭无据的所在。在那里,外婆早已修好的坟窟依山傍水,年复一年地空着,渐渐坍塌;坟前空白的碑石花纹模糊,内部正在悄悄脆裂;老家旧瓦屋久无人住,恐怕已经塌了一间半套……而屋后曾经引来泉水的竹管残破不堪，寂寞地横搁在杂草之中。那泉眼四面围栏的石板早已经塌坏，泉水四处乱淌，荒草丛生。村中旧人过世，年轻人纷纷离家出走。家门口的小路盖满竹叶。这路所通向的木门上铁锁锈死，屋檐断裂。在这扇门背后，在黑暗的房间里，外婆早年间备下的，漆得乌黑明亮的寿棺早已寂静地朽坏。泥墙上悬挂的纺车挂满蛛丝……再也回不去了！

那个地方与我唯一的关联似乎只是：我的外婆和我母亲曾经在那里生活过……我不熟悉任何一条能够通向它的道路，我不认识村中任何一家邻居。但那仍是我的故乡，那条被外婆无数次提及的大黄猫，如被我从小养大一般，深深怜惜着它。当我得知它在远方迷失，难过得连梦里也在想：这么多年过去了，应该往它的石钵里注上清水了！

我不是一个没有来历的人。我走到今天，似乎是我的祖先在使用我的双脚走到今天；我不是一个没有根的人，我的基因以我所不能明白的方式清清楚楚地记录着这条血脉延伸的全部过程；我不是没有故乡的人——那一处我从未去过的地方，在我外婆和我母亲的讲述中反复触动我的本能和命运，而永远地留住了我。那里每一粒深埋在地底的紫色浆果，每一只夏日午后准时振翅的鸣蝉，比我亲眼见过的还要令我感到熟悉。

我不是虚弱的人，不是短暂的人——哪怕此时立刻死去也不是短暂的人。

还有那只猫，它的故事更为漫长。哪怕到了今天，它仍然在回家的路上继续走着。有时被乡间的顽童追赶过一条条陌生的沟渠；有时迷路了，在高高的坡崖上如婴孩一样凄厉厉地惨叫；有时走着走着突然浑身黄毛耷起，看到前面路中央盘起的一条花蛇……圆月当空，它找到一处隐蔽的草丛卧下。有时是冬月间的霜风露气，有时是盛夏的瓢泼大雨。

总有一天，它绕过堰塘边的青青竹林，突然看到院子空地上那面熟悉的石磨，看到石磨后屋檐下的水缸——流浪的日子全部结束了！它飞快地窜进院子，径直去到自己往日饮水的石钵边，大口大口地痛饮起来，也不管这水是谁为它注入的。不管是谁，在这些年里正如它从不曾忘记过家一样，从不曾忘记过它。

第二辑 角落之中（2002—2006）

汉族孩子们

喀吾图有十来个汉族小孩子,由于当地没有汉族学校的原因,一时都没有上学。最大的八岁,最小的才两三岁。成天伙成一群,呼啦啦——从这边全部往那边跑,再呼啦啦——又全部从那边再跑回来。边跑还边齐声呼喊着:

"白娘子!!!——我来了——"

真是莫名其妙。

后来,年龄最大的高勇,在无路可走的情况下,只好上了哈萨克语小学。不出两个礼拜,就能叽里呱啦地和同学们用哈语对答如流,丝毫不带磕巴。名字也变成了"高勇别克"("别克"是哈萨克族男性名字中一个常见的后缀)。

最小的孩子孬蛋——呃,这名字不错——上面有三个姐姐。一字排开就是七岁、五岁、四岁、两岁半。四个小孩手牵手从容地横行在马路中间,任过往的汽车把喇叭捺得惊天动地，也不为所动。

陈家的三个孩子，老大叫"陈大"，老二就是"陈二"，老三是个丫头，叫个"陈三"不太秀气，就直唤"三三"。这三个孩子则喜欢排着纵队走直线，为首的还举个小旗子。

刘家的俩孩子都七岁了，同年同月同日生，但却不是双胞胎。唤作"大妮"的丫头是抱养的，大了几个小时，便成了姐姐。生得很美，高挑健康。而刘家自己生的儿子就差了一截，又矮又瘦，眉眼呆滞，实在不讨人喜欢。而且还老说谎话，天天哭喊着大妮又打自己了，大妮又抢自己的饼干了。

这两个孩子动静最大了，远远地，人还没过来，"吧嗒嗒！吧嗒嗒！……"的声音就响成一片。因为小孩子穿鞋很费，他们的父亲便自己动手给他们做鞋。两块小木板做鞋底子，上面横着钉一小块车轮内胎裁成的胶皮带子勒住脚背。又简单又便宜，穿破几双都不可惜。他们管这叫"呱嗒板"，真形象。

赵家的是俩丫头，老大比较文静，老二活泼。挨起爸爸的打，两人一同鼻血长流，面对面号啕大哭。

隔壁曾家和我家一样，也开着一个小商店。他家孩子叫玲子，七八岁模样，整天守柜台卖货，算账算得滴溜溜转。没事的时候就趴在窗台上，可怜兮兮地看着别的孩子在街上聚众滋事，呼呼啦啦玩耍。有时候也会把头伸出窗外跟着大喊一声："白娘子！！我在这里呢……"

这些孩子都是做生意的汉族人家的孩子，每人家里都开有大商店的，但最喜欢做的事情却是到别人家商店买东西。一人攥一把毛票，成群结队一家店一家店地转。最后买到的东西也许不过是最常见的一毛钱一支的棒棒糖。而这种糖自家店里也有，批发价才两分钱。

不知为什么，大家最喜欢去玲子家商店。当然不是为了友谊，因为他们一进去，就要和玲子吵架。哪一方嗓门大算哪一方赢。

玲子够能干的了，可玲子妈还是死活不放心，一回家，第一件事就是对账。

"刚才又卖了啥？"

"水果糖。一毛钱五个，卖了两毛钱的。共十个。"

"哪一种？"

"就那里的——"

"噫嘻！那种是一毛钱三个！"

玲子不吭声。

"噫嘻！整天尽胡卖八卖，都不知亏多少了！这死妮子!谁家来买的?"

"大妮和她弟。"玲子手一指,那俩小家伙正靠在玻璃柜台上吮糖,一人鼻子底下拖一截鼻涕。

"嘻嘻!还不赶快要回来——"

于是玲子就说:"听到没?俺妈说那糖是一毛钱三个,不是一毛钱五个。快点,一人退我两颗糖。"

大妮姐弟俩对望一眼,每人缓缓从口袋里摸出两颗糖交出去。然后继续靠着柜台吮糖,小声商量要不要把剩下的糖退掉折成钱。但终于没有退,吮着糖趿着呱嗒板牵手走了。

我妈最会骗小孩了,而这群小孩又最喜欢被我妈骗了,三天两头往我家跑。

他们叫我妈"裁缝奶奶",又扭过头来叫我"娟娟姐姐"。

我妈若是心情好就怂恿他们做坏事,心烦的时候就教他们使用礼貌用语。

若是哈萨克小孩,她一般会热情地教人家怎样用汉语骂人。使得我们这里许多哈萨克小孩在说话前都要先来一句"他妈的"。

有时天气很好，又不太忙的时候，我会率领孩子们到乡政府院子里去玩。那里有一大片树林，草丛深密，鸟儿很多。我教他们认识薄荷草，并让他们挨个儿去闻那种不起眼的小草散发出来的香气——

"是不是和泡泡糖的味道一样呀？"

"呀，真的一样的！"

他们没完没了地闻，又辨认出更多的薄荷草，一人拔了一大把回家。

大妮突然问："娟娟姐姐，泡泡糖是不是就从这上面长出来的？"

大妮喜欢在路上一边走一边不成调地放声歌唱：

"回家看看！啊——给妈妈洗洗碗——回家看看！啊——给妈妈洗洗碗……"

左右看看，若是没人，便大喊一声："啊！白娘子！！……"

大妮土豆皮削得极好，速度飞快，削下来的皮又匀又薄，特省料（我削的土豆皮厚度约她的十倍）。

大妮家除了开商店，还开着饭店。大妮除了削土豆皮，还得削胡萝卜皮。

我在旁边看她削皮。细细小小的手指紧攥着土豆，迅速地挪动位置。小刀飞转,薄薄的土豆皮轻飘飘地散落。遇到节疤和虫眼,刀尖轻松地一挑一拨,转眼就消失得干干净净。实在太专业了。能熟练准确地控制自己的双手做生活所需的事情,便是劳动了。能够劳动的孩子,又美又招人疼。

高勇别克家有车,因此他七岁时就会开车,而且还是那种东风大卡车。倒车的时候,这个小人儿打开车门,右手扶着方向盘,左手握着门把手,踮着脚站起来,半个身子探出驾驶室往后看,一边察看路面情况,一边打方向盘。煞有介事。

要是遇到别人倒车,他就赶紧跑上去帮忙,车前车后跟着跑,极专业地大声指令:"再退,再退!……好,好……继续退,没问题,还可以倒,放心地倒……好!好,倒倒……好——停!往左打一把方向盘!"

最有意思的是拖依(哈萨克传统宴席)上的情景。孩子们都喜欢坐首席,因为首席上好吃的东西摆得最多。主人家一席一席地挨着敬酒,敬到这边,总是会大吃一惊。

拖依上的桌子不是汉族人常用的方桌或者圆桌,而是长条桌,一桌能坐二十多个人,刚好能坐满全村的汉族小孩。于是每次都把他们编排成一桌。现场秩序再混乱,孩子们也不会坐乱的。全是自家挨自家的,一个也不会给插开。大家一边吃一边大把大把地将盘子里的东西抓了往口袋里塞,因此参加拖依的孩子都会穿有大口袋的外套。做这种事情通常孬蛋四姐弟最厉害。

巴哈提家的小儿子

巴哈提家的小儿子特坏,老是朝我扔雪球。到了夏天,就朝我扔石头。

活该这个死小孩都长到一米七几了还在上小学六年级。

喀吾图小学在一进村子的马路左手边。那里密密地生着高大的柳树和杨树。教室是两排平房,中间夹着小而平整的操场。操场上的两对篮球架已经很旧了,其中一个架子上的球篮以一只豁底的柳条筐代替,歪歪斜斜吊在上面。

每天放学的时候,就是喀吾图最热闹的时候吧。上学的时候都没那么热闹。整条马路上到处大呼小叫的,无数个书包上下乱飞,丢来甩去。坐在路边水渠边号啕大哭的则是因为刚弄丢了书包。

——巴哈提的小儿子突然从背后袭来!一把揪住我的辫子。出于对他长期以来经验性的防备,我迅速做出反击,用手肘往后一顶,另一只手连忙攥着辫子根往回拔。

并且回过头来用脚踢他。

可这死小孩左闪右闪的，就是踢不着，而且还抓着辫子死不松手。我急了，拽他的衣服，还呲出指甲去抓他的手背。却不敢太猛地拼命，辫子扯着会很疼……情急之下真想使出我外婆的绝招——朝他吐口水。

结果又是他赢了。接下来，同过去无数次发生过的结果一样，他捋掉我缠在辫梢的发圈，躲开我的下勾拳，高高挥舞发圈跑掉了。

同过去每一次一样，我岂能善罢甘休！我攥着散开的头发，紧追不舍。就这样，我们两个一前一后呼啸过整个村子，一直追到边防站圈马院子的后院墙那儿。

这个死小孩！我早就知道逮不住他的——只见他冲到院墙跟前，往墙上一扑，双手撑着墙头，长腿一迈，就跃过去了……等我气喘吁吁地绕大半个圈子，从院门那边赶过去时，哪还有人？只有圈棚那边正埋头啃着空食槽的一溜儿马们纷纷回过头来，诧异地看着我。

跑得了和尚总跑不了庙。我又气呼呼往回跑，径直跑到这死小孩家，堵在门口等。他美丽的母亲从那儿进进出出，不时地冲我打着招呼。我正气得要死，又和她说不清楚——她一句汉话也不会，而且不太正规的哈语也不会（哎，我会说的那几句哈语只有聪明人才能听得懂……），只好哼哼哈哈和她应付一阵。

突然眼神一斜，看到院墙拐角处有人影鬼鬼祟祟地探头探脑，连忙冲过去——不是他是谁？这家伙嘴里衔着发圈，书包绑在腰上。被发现之后，就索性站那儿不动，冲我挤眉弄眼摇屁股。等我一冲到近旁，便故伎重演，踩着一摞码在院墙根处的土块，又撑着院墙跳进去了。

我七窍生烟，马不停蹄跑回大门口冲进他家正屋。拽开门，掀开门帘，一眼看到他背对着我坐在炕上，端起一碗茶正准备喝。我大喝一声，冲上去。冲到跟前了又拐了个弯，目标改为他爸爸："哥！你家娃娃坏得很！他太坏了，他抢我的东西呢！他为什么老是抢我东西？！"

"哦？"他把头扭向儿子，"怎么回事？"

那个臭儿子这会儿又一副老实得不得了的样子，飞快地解释了两句什么，肯定是抵赖的话。然后再委屈地把衣服左边的口袋翻出来，再把右边的口袋也翻出来，然后翻裤子口袋。

"还有书包！"我不依不饶。

这个死小孩很无奈的样子，捞过书包带子，把里面的书呀本子呀铅笔呀什么的稀里哗啦全抖出来倒了一炕。

我气得快要哭出来了——不过是一个五毛钱的松紧圈！便扭头跑了，不管他母亲在后面怎么喊。

除此之外，他从我这里抢走的东西还有另外两根彩色的橡皮筋，一个漂亮的信封，一串手链子（给拽断了），三个发夹，一枚细细的玛瑙戒指。至于其他那些糖果呀，瓜子呀什么的就不说了。对了，还有半个苹果，那天我正在路上边走边啃着呢，不提防给他抢走了。等我再抢回来，就只剩了一个苹果核。

对了，还有五毛钱，他还抢了我五毛钱。

不过话又说回来，我也不是没抢过他的东西。那天他来我家店里打酱油，趁他和我妈在酱油桶那边付钱找钱的时候，弄走了他的书包，没收了里面的一串钥匙和一本新的作业簿。后来钥匙让他用两块水晶和他姐姐的一把橡皮筋给赎走了。至于作业簿嘛，当然是留下来自己用了。我正在学裁剪，那个本子刚好可以用来做笔记。不过，再有十个作业簿也抵消不了他做过的那些坏事情。

另外我还霸占了他的一把小刀。虽然很锋利，但仍不能抵消。

除了抢东西，这个小孩还有一点最可恨——他老是模仿我的口气说话。

我在柜台后面和顾客讨价还价，他就在旁边瞎捣乱，一个劲地打岔。

不过我不理他。我对买菜的人说:"芹菜五块钱一公斤。"

他尖起嗓子嚷嚷道:"你听到没有?——五块钱一公斤!"

我:"新鲜得很呢,刚从城里拿来的……"

他:"……五块钱一公斤!便宜得很!……"

我:"辣椒八块……"

他:"芹菜便宜得很!"

我:"蒜薹也是八块一公斤,现在菜都涨价了……"

他:"菜都涨价了!辣椒八块一公斤!蒜薹也是八块一公斤!"

我:"实在没办法便宜了,城里就很贵的,你看我们这么远拿来……"

他:"辣椒八块一公斤!蒜薹也八块一公斤!便宜得很!!"

我抄起一张废报纸揉成团往他脸上砸去,然后扭过头来继续对买菜的人——他给弄得不知该听谁的了——说:"辣椒也是新鲜的……"

"你听到没有?辣椒也是新鲜的,芹菜也是新鲜的,蒜薹也是新鲜的……"

抬头看了一眼对面墙上的大挂钟,还有五分钟这个坏小子就要上学了。便镇定了一下，接着旁若无人地做生意："这边白菜也有，土豆也有……"

"白菜也是新鲜的，土豆也是新鲜的……"

"你别理他！……"

"白菜八块一公斤！土豆也八块一公斤！"

"胡说！白菜一块二，土豆两块！"

"你听到没有？白菜一块二，土豆两块……"

"滚出去！！"

以我的脾气，能忍这么长时间真不容易！

"白菜一块二，土豆两块！"

"滚！！"

"白菜也是新鲜的，土豆也是……"

我俯身去柜台底下捞那根裁衣米尺。

他把帽子往头上一扣，跳下柜台："白菜一块二，土豆两块！"

等我举着米尺绕过柜台追上去时，当然已经晚了。门在我差两步就能打着他的地方"啪"地砰死。若这时候我追出去的话，肯定还能打着两下，但又怕折了尺子——米尺又细又长的。要是刚才拿的是市尺就好了。但市尺又太短。只好算了，恨恨地往回走。这时后面的门又"哐当"一声给撞开了：

"白菜一块二，土豆两块！"

……总之，只要有这个死小孩在，根本别想做生意。

但又有什么办法呢？这是商店，谁想进来就进来，能拦得住谁呀。再说又是这样一个刀枪不入的家伙。再再说，这本来就是他家的房子嘛……算起来，这死小孩还是我的房东呢。我们每个月都得给他家一百块钱。每过几个月，我妈就让我去交房租。那时候他总是早早地就把登记的小本子翻出来，摆在炕上的小圆桌上，老老实实地陪我一起坐着喝茶，等他爸爸回来收钱。大约他也知道这是在办正事，胡闹不得。于是，也只有这种时候，这小孩才能对我好一点。跟个主妇似的，把他家的包尔萨克、江米条之类的食物摆满一桌子。还亲自从糖碟子里捡了一颗糖给我。我"嘎嘣嘎嘣"嚼了吞掉，说："不好吃。"

他又连忙另捡了一颗给我。

我就坐在那里一个劲儿地吃糖。他爸爸却老是不来。我才不敢把钱直接给这个小孩呢，太不可靠了！肯定得贪污掉。

对了，他爸爸挺好的一个人，非常和气，平时挺照顾我们，可是怎么会有这么一个不像话的臭儿子？

终于，这小子熬到小学毕业就从喀吾图消失了。听说在城里打工。有一次我去城里买东西，还看到过他一次。居然在打馕的摊子上帮人揉面粉！好大的一堆面团啊。小家伙穿着背心，系着白围裙，头发上脖子上全是面粉。正站在案板前的台阶上，"夯哧夯哧"干得起劲。我在外面看了一会儿，本想打个招呼，喊他一声的。却突然想起，和这小家伙斗争了这么长时间，居然还不知道他的名字呢。

我一般都叫他"死小孩"，心情好的时候，就叫他"小孩"。

冬天的时候，小家伙回来了。让人大吃一惊的是居然还穿了西装，并且后面还跟了个女朋友！好啊，小小年纪的，一进城就学坏了。

大概有女朋友在的原因吧，这家伙懂事得要命，还像模像样地和我打招呼呢。问候我生意可好，身体可好，家里老人可好……煞有介事。然后，掏出两块五毛钱的零钱买啤酒，装得跟真的似的。

我一边问他："你十三了还是十四了？"一边给他拿酒取杯子。

他说："十八。"

骗鬼去吧。这也能骗到女朋友呀？

我不理他，转过脸去和他女朋友说话："你的男朋友真是坏死了！"

她说:"就是!"

"那就把他扔掉算了,不要了!"

"那可不行。他嘛,还欠我的钱呢!"

"好哇……"我往他那边瞄了一眼,"太丢人了吧?啧啧,你们两个都丢人……"

这个女孩子就趴在柜台上"咯咯咯"笑了起来。这个城里女孩子非常开朗活泼。她穿得很时髦,和我们当地的姑娘大不一样。但头发还是很传统地梳成了一条长辫子,乖巧地拖在腰上。面孔虽然不是很漂亮,却说不出的招人喜欢。大概是因为她生着一双弯月形的眼睛的原因吧,使她无论什么时候看起来都像是在笑,哪怕是在生气的时候。

那边那个死小孩呢,磨磨蹭蹭喝完酒,又没边没际黏糊了一阵。实在没啥戏唱了,才率领女朋友离开。

冬天的喀吾图,让人觉得喀吾图的任何时候都没有冬天那么漫长。而到了夏天,又总觉得什么时候都没有夏天那么漫长。好了,巴哈提的小儿子走了,又有一个年轻人离开了。而我还在这里。

河边空旷的土地

有一匹马在过河的时候死了,倒在河中央的冰面上。后来一场一场的雪把它重重盖住,隆起了高高一堆。再后来,雪化了,冰悄悄薄了,裂了。那马又重新在雪地中露出身子,并渐渐地有了异样的味道。

因为污染了水源,有人把它拖上河岸,斜搁在河岸边的卵石滩上。我每天出去散步时,都会经过那儿,远远地看一眼,再绕道过去。

春天的天空总是斑斓又清澈。云雾来回缭绕,大地一阵阵蒸腾着乳白的水汽。春天的空气仍然非常寒冷,但和冬天不同的是,春天的寒冷中有了温暖的阳光。而冬天的阳光,更像是一件银器散发出来的光,没有一点热气。

春天,一场场雨水湿透大地。云便在雨后形成。这些云不是从遥远的地方来的,而是最新鲜的云,是雨后潮湿的大地在太阳的照耀下,升腾而起的水汽。若是身处远处的高地，便会看到平坦的大地上，这样的水汽一团一团从地面浮起，聚向高处。然后渐渐浓了，便成为云。一朵一朵，巨大而清晰。一旦升到某个高度，就开始从西向东飞快移动。那个高度上有风。河有河床，风大约也有风床。最大的风的风床就在那里。

一阵风过来，浓重的腐败味笔直尖锐地冲进鼻子，无法躲藏。又一阵风过来，刹那间天地间又灌注满了干净鲜美的空气。任你怎么努力地抽动鼻子，也闻不到刚才那股强烈的腐味了。一丝一毫也没有，哪怕离那匹死马仅几步之遥。

春天的风，浩荡，有力，从东方来，长长地呼啸。与它有着同样力量的是这眼下的大地。大地一日日冰雪消融，一层层泛绿。我每天去河边走一圈，每当进入大地和东风的力量之中，便说不出的难过。大约只是为着自己的无力，无力再多明白一些什么。

今年的春天来得很晚。刚刚熬过一个雪灾之冬，似乎世界好容易才缓过劲儿来。河边的旷野上，东一堆西一堆，全是扔弃的牛羊尸体。它们没能熬过冬天。活下来的牛，在尸体周围的土地上缓缓移动。它们轻轻地，仔细地，啃食着刚扎了寸把深的草尖。乌鸦满天。河水汹涌浑浊，在深陷的河谷底端急速奔流。河对岸的芦苇丛中有水鸟在长唳短鸣，不知是灰鹤还是野鸭。

这一带地势开阔。河对岸的芦苇滩那边全是麦田，有几块已经耙松了，远远看去，漆黑而湿润。而河这边却是荒草野地，分布着几个古老的石圈墓。每天下午，我都会穿了厚外套来这里散步。雪化完后，河岸上的卵石滩全露了出来。我在河滩上慢慢走，低着头慢慢找，总会时不时发现花纹美丽或奇形怪状的卵石。我在河水里把它们洗得干干净净，再并排着晾在草地上，然后继续往前走。走到野地尽头再慢慢折回来，这些卵石就晾干了。用裙子兜，满足地回家。今天的散步就结束了。

我进了家门大声说："我带回来了好多好东西！——"

我妈坐在缝纫机后，头也不抬，见怪不怪："石头。"

后来我妈出去散步时，也有了捡石头的兴趣。不过，她专挑那种不像石头的石头捡。她说："你看这块多圆呀？到哪里去找这么圆的石头！"

或者："这块太白了！白得跟块塑料似的……"

要不："这块真平！像是磨过一遍一样……"

我说："是呀，是很平。但那又有什么用呢？"

她一想，也对，便把那些圆的方的平的以及白得跟假的似的石头全扔了。

只有我捡的一直留着。五色晶莹地盛了好几只玻璃瓶。瓶子里注满水,说不出的明亮美丽。

住在河对岸的姑娘江阿古丽,也喜欢在河边捡石头。她家我去过好几次,房间收拾得整齐明亮。地面用红砖铺成"人"字形的花纹,细细地洒了水。炕上整齐地摞着层层花哨的被褥。窗台又宽又明亮,养着几盆热闹的花。江阿古丽已经不上学了,但还没有出嫁。她是一个勤劳细心的女孩子,整天沉浮在家务活的海洋里。闲暇时间就绣绣花,去河边捡捡石头。生活寂静而心满意足。

和我一样,江阿古丽捡的石头也泡在水里。但是她只捡那种豌豆大小的,光滑明亮的小石子,斑斓精致地浸在一个白色搪瓷盆里,放在窗台上,迎着阳光。金丝绒的窗帘静静停在一边,洁白的蕾丝罩帘在水面上轻轻晃动。

我想她一定精心收集了很多年才攒了这么大半盆子吧,湿漉漉地抓一把在手心,像抓着一把宝石似的。江阿古丽一定是敏感的。

攥着这样一把宝石,遥想从不曾为自己所知的那些过去的事情……当江阿古丽还是个小女孩子的时候,她发现了故乡的美,从此珍爱着自己平凡孤独的生活,并深深地满意,深深地感激……

江阿古丽和我一样大。她的名字意为"初绽的花朵"。

但是在河边却从来没有碰到过她。

我总是长时间地坐在河岸上吹风。河边很少有人过来。有时会有一个孩子坐在草地中间的大石头上,大声地读书。再把书反扣在草地上,大声地背诵。有时候背着背着,跳起来捡起几块石头就跑,追上一头啃食嫩草时不知不觉走远了的牛,把它往回赶,然后再坐回原来的石头上用功地温习课本。

可这会儿正是上学的时间呢,他为什么还在这里放牛呢?可能已经辍学了吧。却还这么用功地温习旧课本。知识对于一颗刚刚开始认识世界的心灵来说,是多么神奇,比眼前的世界更神奇吧?

天气更暖和一点的时候,我会端着盆子去河边洗衣服。每洗完一件,就直接搭在对岸的芦苇丛上。河边的风总是很大,在夏天阳光最灿烂的日子里,当洗完第二件的时候,第一件差不多就被风吹得干透了。这样,等全部洗完,再洗洗脚,玩一玩,就可以收回干净芳香的衣服,叠得整整齐齐地回家了。

到了夏天河水会很浅,很干净。有时候总会有人在河里洗马。他把马牵到河中央,往马身上泼水,再用鬃毛刷细致地上下刷。我很生气,因为他在我的上游。我就冲他大喊,但他理都不理我。这个死小孩!我端起盆子就走,越过他往上游走一截,换个地方再洗。谁知没过一会儿,这小孩也慢吞吞把马牵过来,还是牵到我的上游仔仔细细上上下下地继续洗他的马。

我就跑过去,搬块大石头扔过去,砸到他脚下,溅他一身水。谁知他也不甘示弱,也搬来一块更大的石头砸过来,弄得我从头湿到脚,辫子梢都在流水。

我不是他的对手,虽然他只是个小孩子,但个头那么大。

我把衣服和盆子往岸上一扔,跑开玩去了。半天回来后,谁知他还在那儿不紧不慢地磨蹭。我说:"喂——要不要我帮你洗啊?"

他什么也不说,笑着把马慢慢牵开了。

我看他不理我,又说:"你这个坏孩子,哪天你要是到我家店里买东西,我非得贵贵地卖给你,卖给你最坏最差的!"

草地中央钉着一根尺把高的木桩子,他把马牵过去,系上缰绳。又回来,坐在不远处玩刀子。我洗完衣服和床单后,就把他叫过来帮忙拧。他劲儿很大,拧过的衣服我再也弄不出一滴水来。

他看着我涉过河水,爬上对岸,到芦苇丛中晾衣服。突然说:"这个马嘛,是我的了!"

哦,原来是在跟我炫耀呢!

我好像是听说哈萨克族小男孩割礼的时候会得到小马的礼物。不过眼下这家伙已经这么大了。

他在那儿兀自喜滋滋地说:"今年乡上的弹唱会,我要去赛马!我的马好得很。"

我往马那边扫了一眼:"那么矮……"

"矮才好呢,矮的马才好!"他急了,"你看它腿上多有劲!"

除非它跑来踢我一脚,它有劲没劲我咋知道?于是我接着往下打击:"白的马好看,红的也好看,黑的也好看,黄的也好……——但是你的马是花的!"本来我的意思是想说"杂种马",但就我目前的哈语水平来说,"杂种"这个词实在没法表达,只好饶了它。

"花的马才好!你不知道,你不行!"

我一看,真的要生气了,便笑嘻嘻闭了嘴。

他还在那儿着急:"我的马是最好的,我的马鞍子也是最好的,你什么也不知道!"

我站在水里继续朝他皱眉头,撇嘴巴,并且很夸张地叹气:"唉,矮马呀……"

他猛地跳起来,搬起块超级大石头砸过来!

……立刻又湿透了……我还没反应过来,他又冲进水里,跳上对岸,把我刚晾好的衣服拽下来,一件接一件全部扔进水里。

——都这样了,似乎还远远不够。这个疯小孩又跳回水里捞出一件衣服往更远的地方扔。再捞出另一件,铆足了劲再扔。

我一看大事不好!连忙冲过去,在水里东倒西歪追了好远,才追回那件最危险的。回头一看,其他衣服也陆陆续续冲过来了。七手八脚忙了好一阵,总算全数抢救了回来。这下好了,本来都晾得半干了……唉,惹不起这个霸王,还是自己努力吧。

我站在水里,恨恨地,一件接一件地重新拧,再重新晾。我知道他正站在岸上往这边看,但是我头也不回,理都不理他。过了好一会儿才回头看,本来还想再把他的宝贝马狠狠地奚落一番的。但是人没了,马也没了。河边空地上空空荡荡。

等第二次再看到这个小孩时,我们和好如初。还是在河边,我还是在洗衣服,他还是牵着马没完没了地洗。

我还是要求他给我拧衣服。我一边看着他拧,一边教育他,唠唠叨叨说了半天。他也不理我,只是轻轻地笑。

最后我问他:"你赛马赢了第几名呀?"

"还早呢,弹唱会还没开始。"

"哦。"

衣服全晾好后,我坐在高高的岸上看他用心洗马。一阵阵滚烫的风吹过来,世界明亮,大地深远。对岸的芦苇滩起伏不已。盛夏已经来临,那匹死马的尸体被鸟和虫子啄食得只剩一副整齐的、雪白耀眼的骨骸,寂静地横置在不远处阳光下碧绿的草地上。

"喂,今年弹唱会在哪里举行?要是在这里就好了。这里这么大,这么平,跑马是一定没问题的。"

"不行,河对面就是麦地,村长不允许的。"

"哦。"我有点儿失望。要是设在这儿多好呀,离我家那么近,到时候我还可以在弹唱会上摆个地摊卖点汽水糖果什么的。

"你的马真的行吗?"

"我也不知道。"

他这么一说,不知怎么的,我突然有点难过。不由自主地说:"没事,你的马不是腿上的劲很大吗?"

"是呀!"他高兴起来了,"我的马鞍子也是最好的!是在加工厂刚刚定做的!"

"加工厂"是河上游水库旁的一个村子。除了种地以外,整个村里的男人都会做马鞍和马鞭,并且还手工打制马掌和匕首之类的铁器,还给人定做手工皮靴。

但是他后来又说:"不过,赛马时得骑空马,不能上鞍的，到时候得取下来……"

夏天过去了，秋天来了。江阿古丽嫁人了。我特想知道，她嫁走后，她家那半盆子美丽的小石子还要不要了。要是送给我该多好……

我仍然会每天都去河边走走，寻找漂亮石头，并不知不觉也开始寻找那种豌豆大小的石子。

天气转凉了，河边风很大。好长时间没看到那个洗马的小孩了。这才想起自己根本就不认识他，不知道他到底是谁家的孩子，甚至从没问过他的姓名。

不知道他说的那个弹唱会开始了没有，在哪里举行。

我在河床下的卵石滩上久久地弯着腰，耐心地寻找。河水的"哗哗"声是另外一种安静，让人不受侵扰。一边想着遥远的事情，一边细心注意眼下的石滩。后来我抬头往前面看了一眼，看到江阿古丽骑马朝这边过来了。她没看到我，目不斜视地从我身后高高的岸上走过。我看到她一身妇人的装扮，穿着长裙子，头发挽成髻，扎着长头巾，脚上踏着手工靴子，肩上披了一大幅羊毛披巾。由于还在新婚之中，披巾上别着几簇鹰翎毛。

从我站着的这个角度看去，大地的广阔是一种充满了力量的广阔，微微地倾斜着。

喀吾图的永远之处

我第一次去喀吾图时,似乎整个世界都在阻止我的到来——电闪雷鸣,狂风大作,后来暴雨倾盆直下。路边十多米高的白杨林带剧烈撼动,一路呼喊着:"不——不!!……啊不……"

我和十来个不认识的哈萨克老乡挤在一辆破得快要散架的十座老北京吉普里,被颠得昏天暗地。吉普车像喝醉酒了似的在暴雨中扭动着,摇摇晃晃前进。急雨夹着冰雹砸在窗玻璃上,又像是已经穿过玻璃砸进了车厢里。车开一阵,停一阵,毫无目标一般在茫茫戈壁上慢慢爬行。我不知道喀吾图竟然会那么远,那么荒僻。我不愿意去,整个世界也不愿意我去。一路上我们的车坏了又坏。我们下车,等待司机用千斤顶把汽车底盘顶起来维修。我不想去。什么都在阻止我。车又坏了。我站在路边,看到戈壁丘陵四面动荡。我浑身湿透。我走上附近一处高地,踮足远望。

我家在喀吾图开了个小店,整天和各种各样的顾客打交道,但能记住的人很少很少。我妈却全都记得住,不到半年,她似乎同所有人都熟识了。我们交谈时,若是提到了谁谁谁——

"……就是那个帽子特别多的人,不停地换着戴……"

"瓦兹别克?"

"他媳妇会抽烟的那个……"

"吐马罕?"

"上次拖依(宴会)上,还和你跳舞了……"

"噢,那肯定就是巴登别克了。"

…………

没办法,我觉得大家的名字太难记了,脸也都长得一样……喀吾图的日子如此平静,日复一日,永远也不会有什么意外发生似的,什么都没法清晰地记住。大约我的心不在这里吧。

我整天坐在深暗的柜台后面,等着有人来店里买东西。等着他们掀开厚重的棉门帘,逆光走进来。

进来的人一般都不说话,我也不说话。但有些人能在柜台前一站一个小时、两个小时、三个小时的不说话,我就做不到了。终于我忍不住问:"有事吗?"他不吭声。我就给他抓把瓜子,他接过来咔吧咔吧就吃。吃完了又闭嘴站那儿发呆。我再给他一个苹果,他几口咬完了,继续沉默。他有的是时间。最后我拿出锁对他晃晃,表示关门了。他这才离开。我锁上门,去河边散步,很久后才回家。到家时那人居然还在门边守着。我只好打开门让他进去。他继续靠着柜台,盯着货架上某个角落深深地打量。真不知道这人哪来那么多时间,这么闲。令人羡慕。

喀吾图的小孩子们则都很忙,忙着上学。不上学的时候忙着偷家里的鸡蛋。上学和偷鸡蛋之外的时间就更忙了,忙着兜了鸡蛋到我们家商店卖。

他们一个个气喘吁吁,脸蛋通红,目光兴奋。

鸡蛋三毛钱一个,每次我收下鸡蛋付钱的时候总会竭力劝说他们顺便买点泡泡糖或小饼干。但是这些小孩子太聪明了,都不理我。我实在不明白他们小小年龄攒钱干什么。也想不出在喀吾图,除了泡泡糖和小饼干,还有别的什么东西更招小孩喜欢。

其中,库娜是最持之以恒的一个。连续半年时间里,她每天按时送一个蛋来。如果有一天没来,那么隔天定会一下子送来两个。

我开始一直以为库娜是个男孩,直到她头发长出来了才知道是个女的。她以前是小光头，再加上手里总拿着鸡蛋，两相映衬，老是惹得我取笑她。

还有一个孩子，总是跟着卖蛋的孩子们一起来，却从没见他带来过一只蛋。我给其他孩子付钱时，他就在旁边紧紧盯着看。

终于有一天，这个孩子也带来了一只蛋。是他一个人来的，把蛋递过来时紧张万分，惴惴不安地等着我给钱。我拿着蛋摇了又摇，对着太阳看了又看，总觉得哪儿有点儿不对劲，但最后还是给了钱。等他拿着钱跑了以后，我把蛋磕开一看——

居然是只煮熟的蛋。

一定是他的妈妈煮给他的，舍不得吃，便拿来换钱……

真是气坏了！但又毫无办法，只好把它吃了。

在喀吾图，我学会的第一个哈萨克语单词就是"鸡蛋"。

除了这些孩子和闲人，我们家店里就很少再来别的什么人了。

在喀吾图做生意，像是在火星上做生意。

我成天窝在柜台底下的糖堆里睡觉，睡醒了就搬把椅子坐到门口晒太阳。太阳渐渐偏西，房屋的阴影从后面慢慢覆扫过来。阳光移一寸，我就挪一下椅子。

好不容易到了下午，总算来了一个顾客，连忙跳起来问他要什么。可是……他要"过油肉拌面"。

我告诉他这是商店，然后把吐滚家的馆子指给他。

但是吐滚家馆子因为生意太冷清，早就关门一个多月了。于是不一会儿，这人又回来找我要"过油肉拌面"。

我只好把沙力家院子指给他。沙力家没有开饭馆，但他家养了一条特别厉害的大狗。于是这人再也不来找我了。

村里的马路上干干净净，两边是茂密的柳树和杨树，树下流水淙淙。

没有一个人。

只有一只高大的鹤，不时地从马路这头走到那头，再从那头走到这头。

不过我说的是夏天，春天和秋天就完全不一样了。

牧民逐水草而居，上山下山的转场途中都会经过喀吾图。那段时间里，几乎每天都有羊群穿过村子西去东往，尘土高腾。天气热的日子里，羊群走过的柏油路总是被踩得稀烂一片。

到了那时，小杂货店每天一大早就挤满了人，积压了一百年的商品都有办法卖出去，无论卖什么都有人要。若是顾客要的东西偏你又没有，则无论用别的什么都可以搪塞过去。

比如若有人要买西红柿酱，完全可以向他推荐辣椒酱；而若是要缝纫机油，就理直气壮告诉他只有缝纫机针。他就只好买了缝纫机针走了。

但也有厉害的角色。我就碰到过这么一个胖女人，非要用八块钱买一条小孩的裤子。我不愿意。那条裤子最便宜也得卖到十块钱。于是她往柜台上一靠，无边无际地和我纠缠了起来。她越这样我越不肯松口。到了中午该吃饭时，我们都饿了，分头去吃饭。吃完回到商店，她仍旧往那一靠，接着上午的茬头继续往下缠。

当价格说到九块钱时，已经到了晚上该关门的时候，我们又分头回去睡觉。第二天……第三天……

最后她居然七块钱就把裤子买走了！

牧业大队经过时，卖得最快的是裤子。真不知大家咋那么费裤子，估计可能是整天骑马骑的。

牧业大队完全过去后，裤架上至少得空下去近两百条裤子。

集体买裤子的情景十分壮观。先是所有人一起脱，然后所有人一起穿。要这时候走进我家商店的话，你会看到满地都是鞋子。至于人——人全站到柜台上去了。大家都挺爱干净，担心裤脚在地上拖来拖去弄脏了。

好在我家柜台很结实，上面铺了厚厚的木板，而不是像城里的商店那样铺玻璃。所以在我们这里，平时除了买裤子的人要往柜台上站以外，那些喝酒的，想看清货架最上面一层商品的，试鞋子的，吵架的，都要往上站。

再回头说买裤子的人。通常裤子一穿上身，就掏钱走人。旧的那条揉巴揉巴往口袋一揣，裤缝笔挺地推门出去。

当然也有人特麻烦，几乎要把所有裤子统统试过两遍以上。逐一对比，反复感觉，每条合缝线都拉了又拉，拽了又拽。连裤兜都要伸手进去掏掏，看漏不漏。就这样，柜台上从东到西堆了一长溜儿各式各样的裤子。这人就坐在裤堆中间，垂着两条腿，一边慢悠悠地挑啊选啊，一边慢悠悠地和你讨价还价。敲定价钱后，还要再转身一头扎进裤子堆，再挑一轮。末了还要再杀一轮价。

喀吾图的秋天人真多。整个夏天都在深山里消夏放牧的人全回来了。牛羊也下山了，转场的牧业队伍源源不断地经过。这时候也实在没啥事情干了——草打完了，麦子收了，家畜膘情正好，于是大家成天往马路上跑，三三两两站着，天黑了也不回家。就那样站着没完没了地说话。说到实在没话说了，仍面对面站着，你看我，我看你，反正就是不想回家。这些不回家的人差不多全是年轻人，年轻人见了年轻人，爱情便有了。然后就是盛大的婚礼。整个秋天都在举行婚礼，每场婚礼都会举行三天三夜。几乎秋天的每个夜晚，这黑暗的村子里总有一处角落灯火通明，电子琴和手风琴的旋律彻夜飘荡。

我半夜突然睡醒，听到舞曲热烈的旋律。穿上衣服起身出门，向村子里亮如白昼的那处走去。我趴在那家人的低矮的土坯围墙上往里看，院子里正在举行盛大的拖依，每一棵树上都挂满了灯泡，每一张桌子上都堆满了食物。新的一支曲子开始了，由新娘领舞。她缓缓走出来，戴着长长的面纱，雪白蓬松的塔裙外套着枣红色的中袖对襟长马甲。小手柔柔地捏着一块绣着金线银线的绸缎手帕。她被越来越多的舞者簇在舞池中心。这时我看清楚了她。我好像认识她。她还是个孩子，好像前几天还在我家商店里买过铅笔盒和作业本。

我喊了她一声，但是谁也没听见。

我一个人悄悄回家。脱了衣服继续睡觉，很快开始做梦。后来又被遥远的，但无比清晰的舞曲旋律惊醒。这时听到有人叫我的名字。我在床上撑起身子，扭头看到窗外有人将面孔紧贴着玻璃喊我。

我看了好一会儿，认出那是刚才的新娘。

喀吾图的冬天长达半年,生意也迅速冷清了下来。我天天坐在炉子边烤火。天气太冷,这时节来商店的人除了酒鬼再没有别人了。

来抄电表的小伙子说:"不喝酒干啥?"

这家伙双手往柜台上一撑,跃上去,腿一盘,坐得稳稳当当。

"不喝酒干啥?喀吾图这个地方嘛,就只剩下酒了。"

中学教师白毛——我这么叫他实在没什么恶意,谁叫他头发么白,谁叫他名字那么长,那么难记——也常来喝酒。他是一个很出色的男人,身材高大,脊背笔直,衣服也总是展展的,袖肘上从没打过补丁。走过身边,一派风度。

和他一起喝酒的也全是教师,可是他们的皮鞋却全是补过的,外套上的扣子各不相同。他们一进房子,二话不说就往柜台上跳,再盘腿一坐。稍有礼貌一点的就脱了鞋子往柜台上跳,再盘腿一坐。

喀吾图酒鬼最多的日子就是教师节放假的那一天。若是一连几天都没人来买酒,马路上也看不到有人醉倒在雪堆里,那么那几天一定是教育系统正在进行学习或考核,所有人都跑到县上填试卷去了。真不知道这些家伙平时是怎样为人师表的。

再回过头来说我们的白毛。总之我对这人的印象实在好极了，至少他从来不爬柜台。每次都优雅得体地半倚在柜台边，手持杯子慢慢抿。而别人则直接握着酒瓶子灌。

他花白的头发一丝不苟，明亮而富有弹性，头发下的面孔漂亮俊美。

有一天白天里他也来了（酒鬼们一般晚上才光临），拎着孙子的破皮鞋（我们家还兼补鞋子的生意）。

我叔叔问："这么大的鞋子，孩子得有好几岁了吧？"

"这是最小的，八岁了。"

"那你多大年龄？"

"再过两个月嘛，六十整。"

他要了一瓶啤酒和一个杯子，自斟自饮，等着取鞋子。

"你这个白毛，一年四季喝，咋没见喝出大鼻子（酒糟鼻）？"叔叔一边给鞋子钉掌子，一边说。

"快了快了。"

"不喝不行吗？"

"为啥不喝？喀吾图这个地方嘛，就只剩下酒了。"

我在旁边愣了一下。

鞋子补好了，白毛付过钱就走了。他离去时我在后面看了一会儿,他的背影是个真正的老人的背影。虽然脊背很直,但肩膀已经垮了下来,两臂松弛。身上那件笔挺板正的外套后面,横着几道坐后留下的褶痕。另外裤脚也有些脏了,满头的白发在风中全往一边飘扬。

喀吾图的整个冬天似乎都是泡在酒里的。天空有时候明亮深蓝,有时候阴郁沉暗。而大地不变,白茫茫直到天边。深色的牛群,一只一只在远处缓缓走动。

这时传来了歌声,像是通过酒的液体传来了歌声。明丽,尖锐,使人眩晕。

唱歌的是对面马路上开小馆子的三个寡妇。

对了,喀吾图有一个奇怪的惯例,只要是饭馆,统统是寡妇开的;只要是女人,一朝成了寡妇,可干的事情似乎只有开饭馆。

话说这三个寡妇的合唱从下午持续到深夜。去看热闹的人回来都说三个人喝酒喝得脸都黑了,眼睛通红,但拉起嗓子来一起张嘴一起闭嘴,认真到位,还一点儿不跑调。

我妈很闲,居然好心地跑去劝她们少喝点。惹得三人扑上来,拉起架势要和我妈拼命。她们谁都不承认自己喝酒了,满嘴酒气地问我妈什么意思,简直败坏她们的名誉。

第二天一个一个酒醒了,都悄悄的,该干啥干啥。

我妈真的很闲,这时居然又跑去说"下次可别再喝这么多了"。

可把三个人气坏了,气得又聚到一起,以酒释郁。

我们左邻那家开小饭馆的寡妇吐尔逊罕——我们都昵称为"吐滚"的,生得很有些风情。虽说不是特别漂亮,但眉眼活灵活现的。瘦瘦的身子很窈窕的样子,穿什么都好看。

特马其林场的看守员每次下山都会在她那儿住。这个看守员也是个很漂亮的人,和吐滚站在一起,谁都说这一对儿太般配了。

我们的看守员长着满头浅褐的头发,于是又被我们叫作"黄毛"。他整天到我们这儿来喝酒,被我们整天这么叫来叫去,叫到后来,全喀吾图的人都这么叫了。于是他的本名再也没了。就连吐滚来我家商店找他回家,也这么说:"黄毛在吗?"

吐滚一个人操持饭馆,非常辛苦。听说当地的风俗是寡妇再婚的话,前夫的孩子得还给前夫的家族,因此她一个人再苦也不愿意再婚。好在三个孩子都懂事,小小年纪就知道帮家里干活。尤其是老二,每天早早地就拿着钥匙来饭馆开门,洒扫,擦洗,生炉子。然后挑着空桶去村头河边挑水，把水缸挑满了，这个八岁的女孩才背着书包去上学。老二又是三个孩子中最漂亮的一个，两只眼睛跟两朵波斯菊似的，让人看一眼就满心疼爱。

但是她非常沉默，举止傲气，性情固执，像个小大人一样。

虽然有时候孩子们的成长让人不安，但喀吾图永远没有太复杂的事情，没人会想得更多。

只是有一天黄毛突然跑来问我们："你们天天'黄毛''黄毛'地叫我，'黄毛'是什么意思？"

喀吾图的冬天漫长得让人不能相信这样的冬天也会有结束的时候。

古尔邦节到了。

这时，店里的生意掀起了一年中的又一次高潮。我们这里的商店，只有牧业大队上山、下山经过以及古尔邦节这三个时间段是赚钱的时候，其他的日子全在不紧不慢地赔钱。除非夏天跟着牧业大队进到夏牧场（阿尔泰深山）里，冬天再跟去冬窝子（准噶尔盆地乌伦古河以南沙漠腹心的冬季牧场）。不过后来我们家就这样做了。

总之，古尔邦节那几天里，我们总是通宵达旦地踩缝纫机。来定做衣服的人从节前半个月就开始来排队，直到过节的头一天晚上，很晚了，店已经关门了，还会有人在商店外面敲窗户，要进来买裤子。那几天，节日用的糖果鸡蛋点心之类，会在喀吾图的所有商店脱销。

大量地采购节日用品的高峰期是在过节的前一天。那天人多得呀！窗台上的花都给挤得歪歪地长着。柜台前面呼啦啦一大片胳膊，在你眼前乱晃，指东指西，指上指下。不要说卖东西了，就是给他们取东西都取得忙不过来。这边收钱，那边找钱，这边要换，那边要退……真恨不得自己是千手观音。

中午时分算是忙过了一个段落，这时我们才发现少了一条裤子。

我妈在这方面记性蛮好，她记得从裤架上取下这条裤子的是一个带着十一二岁男孩的母亲。当时她把这条裤子给她儿子套上，左看右看研究了半天。本来我妈站在一旁想劝说她把这条裤子买下来的，看她那么犹豫的样子，就不怎么管她了。再加上当时又有别的生意，就把这母子俩撂在角落里由他们自己慢慢商量去。等店里的人散完以后，这母子俩和那条裤子都不见了。

我妈为此特别生气，我们这样的小店，做点生意很不容易的。最近为了赶这个节日，我们加班加点熬了好几个通宵才做成这么一批裤子。想想看，一个小时做出来的东西，几分钟就没了，能不窝火吗？

好在我们这是个小地方，周围也就那么两三个村子，要打听一个人实在太容易了。我们很快知道了那母子俩住在将近十公里以外一个叫哈拉巴盖的村子里，还弄清了她和她丈夫的名字。于是，就托了几个与她同村的老乡带话回去，提醒她是不是忘了付钱。不到一会儿工夫，这一带的许多人都知道那个女人在节日的前一天做下的事情了。大家吃惊之余，摇头叹息不已。

因为生意太好，不到半天，我们把这事放下了。不过是条十块钱的童裤而已。

就这样，一直忙到天色暗了下来，顾客才慢慢地稀少了。最后一个人离开后，商店里恢复了两个星期前的安静。节日已经开始，今年的最后一个旺季至此全部结束。

我们把商店门反锁了，开始准备晚饭。这时有人敲门。

我们去开门，一眼认出就是那个被我们认为拿走裤子没给钱的小孩。

他脸色通红，气喘吁吁。可能刚从哈拉巴盖赶来。

他从外面进店里，还没站定，还没有暖和一下，就立刻着急地，委屈地说了一大堆。大意是解释他和他妈妈真的没有偷裤子，那条裤子有点小了，不合适，最后就没买云云。大概他不知道怎么才能让我们相信他说的是真的，越说越着急，最后竟哭了起来，并带着哭腔反复解释：

"……妈妈让我来说……裤子太小了，真的太小了……"

我们还能怎样？一个孩子，连夜跑了近十公里雪路，跑来解释一个根本就解释不清的事情。

我们只好给这个孩子抓了一把糖，一个劲地安慰他，然后让他早点回家。

这时候我们已经非常坚信是自己弄错了，心里不安极了。忍不住在柜台里里外外地仔细翻找，最后果然还是找到了那条裤子。

照很多人的想法，既然知道自己没有做什么错事，任何解释都是不必要的。被冤枉后该做的事，就是与冤枉者为仇。

但他们究竟想到了什么呢？

明天就要过节了，是不是他们的礼性是不能一边容忍别人对自己的误会，一边享受节日的美好祥和？

是呀，有误会是多么不好的事情呀。

我们商量了很久。第二天一大早就出门拜年去了（当然，严格地说古尔邦节不能算是"年"，但我们这里的汉人都是这样的说法）。

在这个重要的节日里，当地人的礼俗是亲戚朋友之间互相串门三天。第一天大多是男人们出门，女人们留在家招待上门祝贺的客人，煮肉张罗宴席；第二天是孩子们和年轻人出门玩；第三天才轮到主妇们。据说，在这几天里，一年中有什么仇隙的两家人，往往会把拜年作为消解相互间怨恨的机会。

我们决定最先到被我们冤枉了的那母子家中拜年，把事情说清楚，好让双方都安心。

我们离开村子，穿过村外那片被大雪覆盖得严严实实的田野，再穿过一条两公里长的林荫道。冬天里，所有的树都披着厚厚的雪盖，但仍分辨得清林荫道左边栽着柳树，右边全是白杨。我们边走边想待会儿的说辞，还不时地商量。天空深蓝动人，莹莹地镀着从大地上反射上去的雪光。脚下的雪路因为这两天过往行人的突然频繁而宽坦瓷实了一些，它划着平滑的弧度，从大地渐渐升上大坂。我们气喘吁吁爬上大坂，哈拉巴盖村就在脚下了。

这段路将近十公里，一路上除了白的积雪和蓝的天空，全世界就什么也没有了。由于雪灾的原因，今年的雪比往年哪一年的都厚，山侧的雪更是厚达二十多米，路两旁的雪墙有些地方足有两米厚，至于脚下这条路，被过往的马匹、雪爬犁踏得瓷瓷的了，也是半米多厚的雪壳，深深陷落在雪的原野中。

我们想到昨晚那个孩子就是沿着这条路又着急又委屈

地往我们家走来的,一路上他会不会因为被误解而感到孤独?这条清白之路……

春天来了。雪化得一塌糊涂,出了门根本没有落脚之处。白天一天比一天长了。在夜里,有时候想起来,抬头一看,猎户星座已经消失了。

在这个地方待过一年以后,发现自己还是没能认识几个人。——我是说没记住几个人的名字,但谁是谁还是清楚的,至少再也不会把两个长着同样胡子的人弄错了。

家里的生意不好不坏,在这里是留是走,令人非常犹豫。我是无所谓的,反正搬家也搬习惯了,对我来说到哪儿都一样的。但我妈非常舍不得,并且归纳出喀吾图的种种好处——

第一,在这里的税是分淡季旺季收的,对我们这些小打小闹的小门小店来说,比较合理(一般来说,一年被划分为七个月的淡季、五个月的旺季);

第二,地方小,人情重,大家都好相处,好打交道;

第三,由于这里地方偏远,消费简单,赚到钱也没处花,容易存下钱来;

第四,还是由于地方偏远,店里的商品卖得起价,利润比城里高一些。

我们当初来喀吾图，只为这里地处牧业转场上下山的必经之地，想着做点牧业上的生意就行了。没想到，一年下来算算账后，我妈说："还是喀吾图人民养育了我们啊！"

农民的确不如牧民富裕，但生活相对平稳，日子也就过得仔细些。缺了点零星物事，总觉得怎么过都不顺当。房子里的添置也得周全，这样那样，什么都漏下不得。所以，商店的生意嘛，每天都还能开张的。别的不说，酱油呀方块糖呀，还有茶叶、烟酒什么的，每天都在卖着。

这样，我们的生意也就不好不坏地与大家同步进行了，反正撑不死也饿不死，就那样慢慢耗着吧。日子太过安稳，太过放心了，让人有了依赖，竟懒惰下来了。永远不会发生别的什么事情，也没法滋生别的什么想法。

反正在喀吾图，人人都是如此。

我们赚了点钱，就租了间好一点的房子。后来又赚了点钱，就租了更好一点的房子。再后来又赚了一点，就不租房子了，付了一半定金，买了一间不太好的便宜房子。虽然不好，但好歹是自己的。我们想到以后还会再赚一些钱，还会再给自己换一间更好一些的大房子。可是，接下来我们发现，在喀吾图，再也不会更好一些了。喀吾图没有暴发，也没有日益庞大的积累。喀吾图只是让你进入它的秩序而已，然后就面对你停止下来。它让你得到的东西，全都是些牵绊住你、让你没法离开这个地方的东西，一直到最后。

据说喀吾图最初是一个土匪窝子。听老人们说，现在我们生活的地方当年全是野地，扎满了破旧的毡房和帐篷。后来军队来了，在这里开垦出农田，河两岸挖出整齐的一大片地窝子。地窝子就是那时候人们的栖身之地。在地上挖一个坑，上面架上顶子，一条斜坡道通向冬暖夏凉的地坑里。

但是到了今天，这里和其他地方的村庄根本就没什么两样了。一排一排的林荫道，一家一户一个大院子、两排土墙房屋，村庄周围全是大片大片的麦田和苜蓿地。

春天我们到附近的山上去拾阿魏菇。我们爬上最高的山，山顶上寒冷、风大，开着白色的碎花。我们在那里居高临下俯瞰整个喀吾图，看到它没有更新一些的痕迹，它是天生如此的。它是关闭的。它是不能够更好一些的。但是，它也不是什么不应该的……它是足够谐调平衡的。

顺便说一下那次去爬山拾阿魏菇的事。那天我们翻遍了四座大山，只发现了扣子大的两枚。由于阿魏菇实在是一种很稀罕的"山珍"，所以即使它还只有扣子那么大，我们还是下狠心把它连根端了。同样由于它实在是很稀罕的，所以即使它只有扣子那么大，我们还是用它熬了一大锅汤。

无论如何，春天来了。河水暴涨，大地潮湿。巨大的云块从西往东，很低地，飞快地移动着。阳光在云隙间不断移动，把一束束明亮的光线在大地上来回投射。云块遮蔽的地方是冰凉清晰的，光线照射的地方是灿烂恍惚的。这斑斓、浩荡的世界。我们站在山顶往下看。喀吾图位于我们自以为已经熟悉的世界之外，永远不是我们这样的人的想法所能说明白的。

我们决定离开。我们想要赚更多的钱，过更好一些的生活。但是要想赚更多的钱的话，得到更偏远的地方，过更糟糕一点的生活。其实再想一想，那些更糟的生活同以后可能会有的更好的生活放到一起平摊了，折算下来的话，其实还是一日一日不好不坏的生活——也就是此时喀吾图的生活。可那时的我们想到了什么呢？我们还是决定要离开。以后的经历是这样的：春天牧业大队转场进山时，我们卖掉了房子，拉了满满一车货跟着羊群进山了。但是那一年山洪频繁，山里三天两头断路，牧民往来不便，我们扎在山里的帐篷小店实在没赚到什么钱。于是下山的时候，我们雇车的钱只够我们和我们的货物移动数十公里。我们便在几十公里外的一个农业村庄附近的路口找了间破土房凑合着住了下来。住过一个冬天后，次年牧业返回路过那里时，又跟着再次进山。这一年我们赚了很多钱。但是，赚到的钱只够我们把暂住的那间破土房买下来。或者重回喀吾图，再租一年房子。我们想了又想。就这样，喀吾图被放弃了。

后来又因为一些琐碎的事情，我们陆续回了喀吾图好几次。但那时我们还不知道从此就永远离开喀吾图了，所以没记清最后那一次是什么样的情形。而我永远记得第一次。此后我所诉说的种种生活就是从那次展开的，永无结束。

要是在喀吾图生病了的话……

喀吾图的医院实在是一个很奇怪的地方。占地倒是挺大的，两排平房夹着个大院子，中间还有升国旗的地方。国旗两边，一边种着两三亩向日葵，另一边是大棚韭菜地。

医生也不少，一人一个办公室，严肃地坐着。但没有可以让你挂号的，划价的，取药的。要看病的话，一个大夫就可以给你包完。

他们会很严肃地给你切脉啊看舌苔啊量血压啊什么什么，再严肃地拿听诊器前前后后听个没完没了，然后更严肃地给你开药。你要是对病情有什么疑问的话，越是问他，他越是什么也不肯说。

他严肃地从他自己左手边的抽屉里摸索半天，摸出一个玻璃瓶，严肃地拧开盖子，往左手手心里倒出一把白药片，然后用右手手指在那堆药里点点点点点……非常负责地数出一百到两百粒（足够你再病五次的），剩下的药原倒回瓶子，再很大方地"唰——"地从正在看着的杂志上撕下半页纸，严肃地给你把药整整齐齐包好："一天三次，一次三粒。"

——太可疑了，我那点小病，吓都给吓好了。

除了开药以外，他们还会给人挂吊针。对了，我对别人说，那些医生开药开得让人真不放心。听的人一般都很吃惊。原来到目前为止，所有人中还只有我一个人享受到开药的待遇。而其他的人，一进医院，二话不说，先给你戳一针挂几瓶吊针再说。管你大病小病，反正只有吊针。

果真如此。当我第二次和那个医院打交道时，就没那么幸运了，也老老实实给灌了两瓶。

那次生病是我跟着一些人到河上游一个叫汤拜其的水库打鱼引起的。那群人里其中有一个人话特多。我也不认识他，但是他总是很严厉地给我安排各种工作。我估计这人一定在乡政府上班。我站在河心齐腰深的地方帮忙拉网，冻得牙齿打颤也不敢松手，因为大家都没有松手。但那个人还是不满意，嫌我网拉得太低了。真让人生气，我个子就那么高啊。我只好抱怨说："我快要感冒了！"

他回答得挺慷慨："我给你报销医药费。"

结果我真的感冒了，回到家就躺在床上起不来，我妈把我弄到医院。没想到，那个人也躺在那里奄奄一息地挂吊针，于是我就不好意思提醒他报销医药费的事了。

令人诧异的是，在那个医院里，我居然和乡政府的干部得到了一视同仁的待遇。挂同样的点滴，坐同样的冷板凳，同样问不出自己的病情如何，并且同时挂完点滴。最后又同时发现：医院里所有人都下班了……他们不管我们就下班了倒也罢了，居然连门都不锁就下班了！

那一位真不愧是乡政府的干部啊，见多识广，处变不惊。在他的提议下，我们互相给对方取出了针头。

总之，要是在喀吾图生病了的话，自己想办法对付一下得了，没事少去医院，怪麻烦医生的。

除了医院以外，喀吾图还有一个地方能够看病，是个私人诊所，挂出的牌子上写的是"专家门诊"。

这个专家听说是喀吾图医院过去的老院长，退休后继续发挥余热。我们都管他叫"胖医生"。既然是胖医生，肯定就是说他很胖喽。所以我们生病时很少会想到去他那里——他实在是太胖了！一个人怎么能够胖成这样呢？自己的身体都没法保重，这样的医生能让人信任吗？

如果说，在喀吾图我见过的最胖的女人是温孜拉的妈妈，那么，我见过的最胖的男人就非这个胖医生莫属了。怎么说呢？他裤子的一条裤腿，就够我宽宽松松地改一条连衣裙穿了。但是这个比喻一点儿也不好,他的裤子总是那么脏。

不过,这个胖医生两三岁的小孙子却漂亮得不得了,一团白雪似的,眼睛滴溜溜地转个不停,睫毛又翘又浓又长。总是给剃成光头,只有后脑勺那儿留了铜钱大的一撮头发,编了根细细软软的小辫儿,还扎着红头绳儿。一天到晚,这个肉乎乎的小东西连滚带爬地跑过去,再连滚带爬地跑过来。他的胖爷爷从边防站(和他的诊所就隔着一条马路)挑水回来,走了没几步路就气喘吁吁地坐在路边的石头上休息。这小孩子便歪歪扭扭冲过去,一路上不停地摔着跤。终于跑到跟前,小身子一纵,两只小胳膊紧紧搂着爷爷的大胖腿,整个身子吊在上面,铃铛一样笑得脆生生的。

我在村里走,只要一看到这小东西,就忍不住一把逮过来。捏他的脸,拧他的小鼻子,再拽着他的小胳膊拉了又拉,看看到底是不是假的……怎么会生得这么漂亮呢?为什么胖医生又那么……

自从那次喀吾图乡医院的吊针弄好了我的感冒后,鼻子就一直囔囔地堵着。有一天在路上碰到胖医生,就顺口问了一下这是什么原因。他慎重地想了想,说:"过敏性鼻炎。"

——"过敏性鼻炎"！多么专业的名词！从那以后，我就再也不敢小瞧他了。

我决定去他那里看病。

他的诊所的牌子挂在村头马路一侧的土墙上。白色的，一尺见方，上面一个细弱无力的红十字，下面有"专家门诊"四个黑色汉字，再下面的哈文字母是绿色的。

我绕着院子转了一大圈才找到入口。那是围墙上的一截豁口，豁口处一上一下横担着两根木头，算是大门。我们这里的绝大部分人家的大门都是这样的，只挡牲畜不挡人。我从两根木头中间翻过去，进到他们家院子里。胖专家十三岁的小儿子正光着膀子在院子角落的空地上夯哧夯哧地翻打盖房用的土坯块。阳光热烈地投在他黝黑明亮的脊背上。院子里的一群母鸡冷不丁看到来了个生人，一个个咋咋呼呼地扑腾着翅膀往院子西面那片菜地飞奔而去。

只有院子北侧的那套土坯房粉刷了石灰，还挂着白色的门帘，于是我对直往那里走去。推开门，迎面横着一条短短的走廊，对面和走廊两边的尽头各有一扇门。我循着声音往左手走，果然，一推门就看到胖专家稳稳当当地坐在一张过去年代才有的那种淡蓝色木漆长条桌后。哪怕是很稳当地舒服地坐着，他仍不住地喘着粗气，好像就那样坐着也是极累人的事。

排在我前面的是一个给孩子拿药的父亲，他正在那里小心翼翼地给胖专家描绘孩子的病症。胖专家哼哼啊啊地答应着，不时浑浊地咳嗽一阵。我在房间里一角远远坐着，努力忍受他嘴里那股浓重的令人不快的味道。并暗暗决定，待会儿轮到我时，一定要拼命找话说，尽量不留给他张嘴的机会。

那边，我们的胖专家已经在开药了。他迟缓犹疑地把手伸进外套口袋，想了想，又伸进长裤口袋。仔细地摸索了一阵，半天才掏出一串钥匙来。然后细心地找到其中一把最小的，看了看，再翻个面又看了看。凝视五秒钟后才确定正是这把。接下来再以一种慢得令人无法理解的速度将钥匙插向写字台中间那个抽屉上的锁孔……亏他蒲扇似的一双大手，捏着那么小的一枚钥匙，开那么小的锁！由于总是瞄不准锁孔，喘息越来越急促……我真想冲上去，一把抢过钥匙，三下五除二替他打开算了。

但是，在自己家里上什么锁啊？

后来总算打开了，为此他都笑出声来了。然后微笑着抬起头，仰着下巴，伸手进去摸索。再一拖，像变戏法似的拖出来长长的，似乎是没有尽头的一串花花绿绿的塑料包——哦，是"儿童感冒冲剂"。他又接着在抽屉里摸，摸出一个老花镜。端端正正戴上，然后用圆圆粗粗的手指捏着那些串连在一起的冲剂包，一个一个，慢而认真地数。当数到十五或二十包的时候，不小心数岔了，只好从头再来。那个坐在对面的父亲也帮他一起喃喃念着："……八、九、十、十一……"——看着两个大男人如此耐心而郑重对付这么一个两位数内的数字，实在有趣……

他们就那样没完没了地数啊数啊，听他们数到三十包时，心里不由得同情起那个可怜的病孩子了。恐怕他的病好过十天之后，还得不得不努力服用剩下的……

终于数完了。我们的胖医生一手捏着数出来的最后一包药，另一手慢吞吞地摘掉眼镜，又慢吞吞地在抽屉里摸半天，这回是一把剪刀。他的抽屉真是百宝箱一个。

剪刀当然是用来把那些连在一起的药包分开的，可他一剪刀下去，却把一包药从中间分开了……细碎的药粒撒了一桌子。看来，眼镜摘得太早了。

他嘟囔了两声"不"，慢吞吞地把那些撒落的颗粒在桌面上聚拢成一堆，再用一只手将它们抹到另一只手的手心。

我当然会认为他要把它们扔弃不要了。但是他只是那么撮着，一点儿也没有想处理掉的意思。

接下来我想他也许会找张纸什么的来把它包起来吧！他也的确试着这样做了，他东看看，西看看，又在空空的桌子上摸了摸。最后做了一个"实在没有办法"的手势，直接把这撮药粒从自己的手心倒进了那个可怜的父亲的手心里。

接下来我又想错了。他给人家弄坏了一包药，总该给人家再赔一包吧？可是——我眼睁睁地看着他把剩下的一长串药有条不紊地全部收了起来，给抽屉仔细地上了锁……

那倒霉的父亲用手心捏着那撮药，左也不是，右也不是。

最后干脆一张嘴一仰脖子，统统倒进嘴里吞了。

接下来就轮到了我。要不是我还处在震惊之中尚未反应过来，就早溜了……

我想我至少还得再修炼二十年才能达到当地乡亲们的功力。现在还不行，见山是山，见水是水，动不动就大惊小怪……

于是我就绝口不提生病的事了，我直接找他要螺旋霉素。

这回倒很顺利，除了贵一点，倒是没出什么意外。

但是找钱时他少给我找了三毛钱。

其实也就三毛钱而已，我会当是他上了年纪，不小心找错了。我站起来要走了，可他这时偏偏要给我解释一下:"那三毛钱是手续费……"

手续费?没听错吧?我自己来买药,一手交钱一手交货,也没让他诊断,没让他动用他的专业知识开药,哪来的手续?

他想了想,又说:"是挂号费。"

我捏着那盒药从他家出来,顶着大太阳想了很久。他们家的鸡也不怕我了,围着我刨土扒食的,还啄我的鞋带,扬得我裤脚边上扑了一圈白白的灰。他家的小儿子还在阳光下安静地、汗流如瀑地干活。

乡村舞会

我在乡村舞会（当地人称之为"拖依"）上认识了麦西拉。他是一个漂亮温和的年轻人，我一看就很喜欢他。可是我这个样子怎么能够走到他面前和他跳舞？——我的鞋子那么脏，裤腿上全是做晚饭时沾的干面糊。我刚干完一天的活，脏外套还没换下来。最好看的那一件还在家里呢……

于是我飞快地跑回家换衣服，还洗了把脸，还特意穿上了熨过的一条裙子。

可是，等我再高高兴兴地、亮晶晶地回到舞会上时，麦西拉已经不在了，他已经走了！真是又失望又难过。但又不好意思向人打听什么，只好在舞会角落的柴禾垛上坐下来，希望过一会儿他就会回来。

等了好长时间，不知不觉都过了午夜两点——舞会是十二点半开始的。

始终是那个在河边开着商店的塔尼木别克在弹电子琴。轮流有人走上去，站在他旁边唱歌，一支接着一支。围着圆圈转着跳的月亮舞跳过了，"黑走马"也跳过了，三步四步的交际舞也跳过好几轮了，迪斯科正在进行。院子里围簇的年轻人越来越多。可是麦西拉就是不来。我在那里越等越难过，可为什么舍不得离开呢？总是会有人前来邀我跳舞，我出于想跳而站起来笑着接受。但心里有事，就是不能更高兴一些。

以往这种时候，说不清有多兴奋。简直觉得拖依真是太好了，又热闹又能出风头。一个劲儿地在那唱啊，跳啊。玩累了就找个热气腾腾的房间休息一会儿，吃点东西喝点茶。和一群人围在大炕上弹冬不拉（双弦琴），拉手风琴，喝喝酒，唱唱歌，等暖和过来了再出去接着跳。就这样，三个通宵连在一起也玩不够似的。

而今夜似乎没什么不同。场场不缺的阿提坎木大爷仍然来了，所有人都冲他欢呼。这个七八十岁的老头儿有趣极了。他不停地做鬼脸，脸拧到了几乎不可能的程度——我是说，他的眼睛和鼻子的位置都可以互相交换。他看向谁，谁就会不由自主地笑起来。更有意思的是，无论是什么舞曲他全都半蹲在地上扭古老的"黑走马"，边跳还边"呜呜呜"地大声哼哼"黑走马"的调。并且只跟着自己哼的调踩舞步,电子琴那边的旋律再怎么响彻云霄也影响不到他。

他兀自在喧闹的、步履一致的人群缝隙里入神地扭肩、晃动双臂,又像是独自在遥远的过去年代里与那时的人们狂欢。他半闭着眼睛,浑身酒气,年迈枯老的身体不是很灵活,但一起一落间稳稳地压着什么东西似的——有所依附,有所着落。好像他在空气中发现了惊涛骇浪,发现了另外一个看不到的,和他对舞的情人。音乐只在他衰老的、细微的、准确的,又极深处的感觉里。舞蹈着的时光是不是他生命最后最华丽最丰盛的时光?

漂亮的姑娘娜比拉一身的新衣服,往电子琴边招眼地一站,仰起面庞唱起了歌。歌声尖锐明亮,一波三折,颤抖不已。那是一首我们经常听到的哈语流行歌。全场的人都跟着低声哼了起来。

喧嚣中,我大声地向阿提坎木大爷打问娜比拉正唱着的那支歌是什么意思。他凑过耳朵"什么!什么!"地嚷了半天,最后才听清了并回答道:

"意思嘛,就是——喜欢上一个丫头了,怎么办?哎呀,喜欢上那个丫头了,实在是太喜欢了,实在是喜欢得没有办法了嘛,怎么办?!……"

我心里也说:"怎么办?"

但是胖乎乎的家庭主妇阿扎提古丽却说:"这歌嘛,就是说'你爱我、我爱你'的意思。"

那些嘻嘻哈哈瞎凑热闹的年轻人则这么翻译——"要是你不爱我的话,过一会儿我就去死掉!"

麦西拉又会怎么说呢?这真是一个奇妙的夜晚,我一个劲地想着一个人。并且不知为什么竟有希望。可是在这样的夜晚发生的一切都无凭无据的啊……

我从人群中溜出来,找了个安静些的房间坐了一会儿。房间里火墙边的烤箱上搁着几只干净碗,旁边茶壶里的水烧得滚开。我倒了碗黑茶,偎着烤箱慢慢地喝,又把冰凉的手伸进烤箱里面暖和。越想越无趣,犹豫着要不要回家算了。这时外面换了一支慢一些的曲子,我把剩下的茶一口喝尽,重新出去走回跳舞的人群里。

外面人更多了。凌晨的温度也降得更低了,所有人嘴边一团白气。没有跳舞的人站在空地里使劲跺脚取暖。但是个个脸庞发光,目光热烈,一点儿也没有嫌冷的意思。往往是两个人跳着跳着就停下来,携手离开人群,去到挂满彩纸的树下、门前的台阶旁、柴禾垛边、走廊尽头的长凳上、安静的房间里……进行另外的谈话……没完没了……今夜真正开始。

电子琴边换了一个小男孩在弹,和着曲子有一句没一句地唱着歌。他不唱的时候，会有暗处的另外一人接着下一句唱下去。院子角落煮过抓肉的篝火快要燃尽了，星星点点地在灰烬中闪烁着。我又待了一会儿，胡思乱想了一会儿，真的该回家了。

终于，凌晨三点钟时，我的男朋友库兰来了。他实在是一个令人愉快的伙伴，我们一见面就抱在一起，大声叫着对方的名字，边喊边跳、又叫又闹的。所有跳舞的人也都扭过脸看着我们笑。到现在为止，感觉才好了一些，以往在舞会上体会过的那种出于年轻才有的快乐又完整地回来了。我们跳着跳着就会大声地笑，也说不出有什么好笑的。这支舞曲像是没有尽头似的，节奏激烈。我浑身都是汗，但是停不下来，也没法觉得累。我旋转的时候，一抬头，似乎看到了星空。而四周舞者们的身影都不见了，只剩一片热烈的舞蹈。

库兰五岁。脏兮兮、胖乎乎的，是个小光头。他和阿提坎木大爷一样，也只跳"黑走马"，两支胖乎乎的小胳膊扭得跟蝴蝶似的上下翻飞。更多的时候只是扯着我的裙子满场打转，根本就是在疯闹嘛。我也不想一本正经地好好跳舞，就随他乱蹦乱扭着。音乐迫在耳旁，身体不得不动起来。再加上这周围这么多的舞蹈的身体呀，这么多的暗示……

其实我并不会跳"黑走马"的,我只会随着音乐拿架势。大家都说我架势摆得蛮像的。但我自己知道,其中那种微妙的,微妙的……"灵魂"一样的东西,是自己陌生的,永远拿捏不稳的。

……今夜永无止境,年轻的想法也永无止境。但是……库兰太厉害了,一支接一支地跳,精力无穷。快四点钟时,我已经跳得肚子疼了,而他还跟刚刚开始一样起劲,一分钟都不让我休息,拽着我的裙子,一圈一圈地打转。而麦西拉还不来……我在这儿干什么呀!尤其是当我看到我的浅色裙子上被小家伙的小脏手捏黑了一大片的时候,突然一下子难过得快哭出来。

舞会上这会儿冷清了一些,气氛却更浓稠了一些。场上只剩下了年轻人,老人和夫妇们都回去休息了,新郎新娘早已退场,弹电子琴的那个小伙子开始一支接一支地弹起了流行歌曲。不知为什么,我开始尴尬起来,很不是滋味似的。觉得自己是在拿小库兰"打掩护"……觉得自己永远是一个"独自"的人,唉,有些时候,没有爱情真是丢人……

幸好这时,库兰的妈妈来找他回家睡觉,于是小家伙就连哭带闹地被抱走了。他的妈妈又高又胖,轻轻松松地夹他在胳肢窝里,随他两条小短腿在空中怎么踢腾。

我更是心灰意冷，终于决定离开，并且因太过沮丧而瞌睡万分。

但刚刚走出院子，突然听到后面隐隐约约有人在喊"麦西拉！麦西拉过来……"，就连忙站住。再仔细地听时，院子里却只是电子琴声和细细密密的谈话声。忍不住悄悄往回走，一直走到院子北侧的大房间那边。趴在窗台上看了一会儿，窗玻璃外蒙着一层厚塑料纸，里面红色金丝绒窗帘和白色蕾丝窗纱也拉上了，什么也看不见。人影憧憧，手风琴和男女合唱的声音闹哄哄传了出来。

我打开门，看到走廊左侧第一个房间的门不时地开合，人来人往。我悄悄晃进去，一迈进房间，浓黏潮湿的热气立刻把我团团裹住，白茫茫的水汽从室外扑进房间，在地上腾起半米多高。过了一会才看清周围的情形：房间不大，光炕就占了二分之一，铺着色调浓艳的大块花毡，上面坐着站着躺着趴着十多个人。三面墙上从上到下都挂满了壁毯，还挂着一根精致古老的马鞭，一把冬不拉，还有一只鹰和两只白狐狸的皮毛标本。炕下的长条茶几上堆满了糖果和干奶酪，盛着黄油的玻璃碟子闪闪发光。

进门的右手边是火墙，炉火烧得通红。火墙和炕之间抵着一张有着雕花栏杆的蓝漆木床，上面层层叠叠、整整齐齐地摞着二十多床鲜艳的缎面绸被，都快顶到天花板上了。最上面盖着一面雪白的垂着长长流苏的镂空大方巾。

我站在门边,慢慢扫了一圈,麦西拉不在这里……很失望。准备退出去,但突然瞟到那张漆床的床栏上搭着的一件外套,看着挺眼熟的。于是顺墙根若无其事地蹭过去,捞过外套袖子一看,袖口打着块补丁,哈!不是麦西拉的是谁的?

房子里人越来越多,进进出出的,谁也没注意到我。我偷偷从茶几上抓了一把葡萄干儿,坐在炕沿最里头,守着麦西拉的衣服,一边等一边慢慢地吃。

果然,没过一会儿,麦西拉和另外一个年轻人拉开门进来了!他们说笑着,向我走来……然后越过我,俯身去取自己的外套。我连忙起身,帮他把外套拿下递给他。我以为他取外套是因为要走了,可他没有。他只是翻了翻外套口袋,摸出一个很旧很破的小本子,取出里面夹着的一张纸条给了同来的人,然后又顺手把外套递给我,我连忙接过来搭回床栏的原处。

然后——居然当我隐形似的!他只顾着和那个人说着什么。等那个人捏着纸条推门出去了,麦西拉这才回过头来,对我说:"谢谢你。"

"没什么的,麦西拉。"

他听到我叫他的名字,这才格外注意了我一下:

"哦,原来是裁缝家的丫头。"

他弯下腰脱鞋,一边又说:"怎么不出去跳舞呢?"

"外面没人了。"

"怎么没有?全是小伙子嘛,你一个人坐在这里干什么?……"

我就笑了。然后不知怎么的说起谎来:"……我在等人呢,——他在隔壁房子说话呢……呃,等一会儿我们一起回家……太黑了……一个人嘛,害怕嘛……"真是不知道,这到底出于什么样的一种骄傲……

"哦。"他起身上炕。我也连忙脱了鞋子爬上床挨过去。

炕上人很多,都在乱七八糟地喝酒呀、拉手风琴呀,唱歌跳舞呀什么的。还有三四个人在角落里打扑克牌。整个房子吵吵闹闹乌烟瘴气的,地上全是烟头和糖纸瓜子壳。

麦西拉窝进木漆床旁边的角落里,顺手从墙上取下双弦琴,随意拨弄了几下,又挂了回去。

我想了想,伸手过去把琴再次取下,递给他:"你弹吧。"

他笑着接过来:"你会不会呢?"

"不会。"

"这个不难的,我教你吧?"

"我笨得很呢,学不会的……"

"没事的，你不笨。你不是裁缝吗？做衣服都学得会呢，呵呵……"

我笑了："还是你弹吧……"

他又拨了几下弦，调了调，把琴扶正了，熟滑平稳地拨响了第一串旋律。

——那是一支经常听到的曲子。调子很平，起伏不大，旋律简单而循环不止。但一经麦西拉拨响，里面就有一种说不出的"浓重"的意味，听起来醇厚踏实……不知是因为双弦琴节奏的鲜明，还是因为弹者对曲子的太过熟悉，在这一房间的嘈杂之中——炕的另一头正在起哄、合唱、鼓掌，手风琴的琴声明丽响亮，还有人一边喝酒，一边激烈地争论……而麦西拉的琴声，完整而清晰，不受一丝一毫的干扰，不浸一点一滴的烦躁。他温和平淡地坐在房间嘈杂的漩涡正中央，安静得如同在旷野中一般。那琴声一经拨响，就像是从不曾有过起源，也再不会结束了似的，一味深深地、深深地进行着。音量不大，却那么坚定，又如同是忠贞……

我做梦似的看着四周，除了我们两个，所有人都喝得差不多了，酒气冲天。似乎他们离我们很遥远——无论是嘴里说的话，还是眼睛里看到的东西，和我们都接不上茬。房间里的氛围整个都醉醺醺的。我悄悄爬过去，从他们的腿缝里找到一只翻倒了的空酒杯，用裙子擦了擦，又顺手拎过来半瓶白酒，满满地斟了一杯，递给麦西拉。

他停下来，笑着道谢，接过去抿了一小口，然后还给我，低头接着又弹。我捧着酒杯，晕乎乎地听了一会儿，似乎刚喝过酒的人是自己一样。忍不住捧着酒杯低着头也小口小口啜了起来。一边听，一边啜，一边晕。大半杯酒让我喝见底了时，这才意识到再这么坐下去实在很失态。于是又晕乎乎起身，滑下炕，从炕下那一大堆鞋子中找到自己的两只，跋上，穿过一室的嘈杂，悄悄走了……推开门要踏出去时，忍不住回头又看了一眼，麦西拉仍坐在那个角落里，用心地——又仿佛是无心地——弹拨着，根本不在意我的来去……

十月的乡村，金黄的草料垛满家家户户的房顶和牛圈顶棚。金黄的草垛上面是深蓝的天空。麦垛和天空的光芒照耀大地，把乡村的朴素之处逼迫得辉煌华丽。

寂静的夏天已经过去，在夏牧场上消夏和放牧的人们纷纷回来了。喀吾图小镇最热闹的日子开始了，婚礼连绵不断。几乎夜夜都有舞会，几乎夜夜都有爱情。

与舞会相比，星空都冷清下来了！遥远的音乐旋律从村子那端传到这端时，经过长长一截子寒冷和悄宁，涣散得只剩下它的四分之三的节拍。这节拍在夜色里律动，心脏律动一般律动……空气颤颤的，四肢轻轻的，似乎这四肢在每一个下一秒钟都会舞动起来，做出一个美好的亮相动作，再无限地伸展开去。

哪怕已经入梦，这节拍仍会三番五次潜入梦中，三番五次让你在黑暗中孤零零地睁开眼睛。

十月乡村的夜空，总有那么一个角落明亮如昼。似乎有无数的灯盏聚在那一处朝上空投射，使飘过那片天空的夜云，也絮絮地泛着白天才有的白。那一处有舞会。

而另一处也有舞会。回过头来，乡村的另一个角落以及那个角落上方的那片天空，也同样明亮如昼。

这样，明亮和节拍就成了我们记忆中乡村舞会的全部内容了。至于具体的那些细节——歌声呀，美丽的衣裙呀，喜悦的交谈呀，还有宴席，还有舞步、角落里投过来的热烈的注视、牵手、一杯啤酒一饮而尽后的眩晕、满地糖纸和瓜子壳、对下一支舞曲的猜测……这些细节全都在说不出的快乐和遗憾中闪烁，无法让人更准确地去捕捉。在以后日子里的某些瞬间，总会异常清晰地记起，再进一步展开回想时，又全涣散了……只剩那晚的明亮，只剩那晚的四分之三节拍。

……每一棵树上都牵满了灯泡，每一张桌子上都堆满了食物。院子角落里篝火熊熊，上面支着的大铁锅沸水翻腾，浓郁的肉香把夜都熏得半熟了。人们走来走去，面孔发光。女人们去掉了臃肿的外套，身子灵活，举止轻盈，走过后，留下一股子掺着牛奶和羊膻味的体香。还有的女人抹了"月亮"——那是我们这里的女人们最常用的一种香水的牌子。虽然这种香水闻起来更像是驱蚊水，但是到了这会儿，它那种强烈刺激的气息也只让人喜悦地感受着这女人的青春和激情……每个房间的门都在不停地开，不停地关。开门的一瞬间，房间里华丽的宴席、强烈的灯光、歌声、欢笑、白色的热气……所有这些，会猛地、耀眼地从门洞突然涌出来，又在那里突然消失。

男人们都围坐在一间间温暖华丽的房间里，一杯接一杯地喝酒。任何一个话题都能到达最热烈的气氛。然后就是唱歌，一个人接一个人地轮流唱，再合唱。有人弹起了双弦琴，他满面红光，神情傲慢。拨弄了好一阵子琴弦后，终于和着旋律唱出了第一句——无比骄傲的第一句——口型夸张，上嘴唇与歌声的铿锵一同用力，他的眼神都烧起来了！他突然扭头向你这边看过来，一下子捕捉到了你，令你浑身透亮，无处躲藏……

而所有房间中最华美也最安静的一间里，新娘戴着长长的面纱，深深地坐在小山似的一堆贺礼中间。房间四壁长长短短挂满了宾客们赠送的布料，房间中央的地面上摞起了高高的一叠花毡、地毯。更多的花毡则一卷一卷立在墙角。一桌美食安静绚丽地摆在矮几上，没有动过的痕迹。新娘端正地坐在挂着重重幔帘的雕花木床上，一动不动。床上铺红盖绿，描金绣银。

一群小孩子挤在门口探头往里面看，但不被允许进去。我也站在那群孩子后面，远远往里面看。身后突然喧哗混乱起来，光线也更明亮强烈了。回过头来，女人们端着一盘盘炒菜，穿梭走动在一个个房间里、一桌桌宴席间。上热菜了。

在每一场乡间拖依上，招待宾客最主要的食物就是大盘子盛放的手抓羊肉（哎，太好吃了……），但上抓肉是十一点半以后的事，在此之前，是没完没了的干奶酪、包尔沙克（油炸的面食）、葡萄干儿、杏干儿、馓子、瓜子、糖果、塔尔糜（半生的拌了羊油和红糖的小米）、馕块儿……堆满了细长的条桌。一桌大约二十来个人，面对面坐着，一吃就是三四个小时。到了半夜，正餐才开始，首先是凉菜，比如羊肚呀，粉丝呀，老虎菜呀什么的，接着上热菜，热气腾腾的炒菜。每桌各有两色共四盘子，被一桌子食物花团锦簇地围绕着，十来双筷子一起下，三四个回合就只剩一桌空盘子。只好接着再吃那些奶酪、包尔沙克、葡萄干儿、杏干儿、馓子、瓜子、粮果、塔尔糜、馕块儿……一吃又是一个两个小时。好了，等十一点半的时候（也就是当你吃得撑得实在是没办法的时候），终于在欢呼声中，手抓肉一盘一盘端上来了。

今夜晚宴的第一个高潮圆满抵至。火炉里的热气，话语中的热气，每一个人眼睛里的热气，当然，最主要的是手抓肉蒸腾的热气——所有这些，一波一波熏得满室黏稠，令这方有限的空间里空气都泛白了，令对面坐着的那个兴高采烈的人的面孔都模糊了。众人祈祷完毕，两个男人从皮带上解下刀子，飞快地从骨头上拆肉。肉片一小片一小片地从骨头上均匀脱落，铺在抓肉盘子四周。抓肉盘子直径两尺，盘底铺着厚厚的一层金黄色的手抓饭。有时肉骨头上会淋着拌了碎洋葱的肉汤和又筋又滑的面片。肉是当年出栏的羊羔肉，又嫩又香。虽然除了盐以外，再没有放别的调味品，但那样的美味，实在不是调一调就能够调出来的。房间里又闷又潮，香气腾腾。每一个人的眼睛和十指尖都闪闪发光。

突然，电子琴尖锐明亮的试音从屋外院子一长串地传了进来！宴席上的年轻人全站了起来，舞会开始了！我们纷纷去洗手，披上外套出门。院子里，摆放在空地四周的条凳很快全坐满了。没抢到位置的人爬到院墙边的柴禾堆上，还有的坐到门口的台阶上。更多的人站着。所有人围出一片圆形的空地。第一支舞曲开始了，音乐弹奏了好一会儿，新娘子这才缓缓出场。她穿着一身雪白的塔裙，重重叠叠的裙裾蓬松地垂着。外面套着枣红色的半袖小坎肩，手上捏着小手绢。长长的白色婚纱上插着几簇鹰翎毛，婚纱从绣着珠花的尖顶小帽上拖下来，几乎快要垂着地面。

　　大家一起欢呼，男人们争先恐后地迎上去。但是新娘低着头，谁也不看，回转身子，踩出了舞步。她对面的一个男人立刻跟上步子，成为邀请新娘跳第一支舞曲的幸运者。很快，剩下的男人也陆续从人群中拉出舞伴。那是"黑走马"。那旋律和节奏让人兴奋。跳舞是本能——掌控自己的身体，展示自己想要的美，熟悉自己，了解自己，发现自己——跳舞是发现自己的行为呀。跳舞是身体发现了音乐……新娘婆家的妇人们穿梭在舞蹈的人群中，给舞会的前几支舞曲上最先受到邀请的姑娘媳妇们赠送手绢。这样，得到手绢最多的姑娘们是最骄傲的。一个秋天下来会攒下多少啊！虽然这种手绢只是很普通的那种小小的方块印花布而已，几毛钱一方。

　　在最早的时候，手绢都是女人们自己做的，用彩色的细线在一方方明亮华丽的绸缎四周细致地钩织出花边。

有的还会在手绢一角绣上年月日等内容。曾经有个女孩子就用了一块这样的旧手绢包了几块干奶酪给我。奶酪吃完了，手绢留下了，随便撂在窗台上，脏兮兮地揉作一团，几乎谁也看不出来它到底是个什么东西。只有我记得它上面那些久远时间里的美好痕迹。那些曾经手执这手绢柔软一角的女人，害羞而无限喜悦地和另一人对舞……那时她还年轻，并且心怀美梦。

我爱舞蹈，常常久久地注视着起舞的一个美丽女子。她四肢窈窕，面庞惊喜，她一定是不平凡的！她是最幸运的一个，她美梦成真了。音乐进入了她的身体，从天空无限高远的地方到地底深处的万物都在看着她，以她为中心四下展开眼下的世界。当她踮起足尖，微微仰起下巴，整个世界，又以她为中心徐徐收拢……

我说着舞蹈，和这世间舞蹈着的一切。那些美的形体，若非有着美的想法，怎么会如此美得令人心生悲伤？那些睡着了的身体，那些木然行走着的身体，或是激动地说着话的身体，轻易地从高处跌落的身体——都在世界之外。他们创造着世界之外的事物，不停积累，离世界越来越远。于是我们看到那些身体一日日衰老下去，到了最后也与这个世界无关。只有舞蹈着的身子，才是世界的谐调圆满的一部分吧？……只有美才能与万物相通，丝丝缕缕相互吸吮吐纳。只有美才是最真实不过的自然。

我还是在想，我爱舞蹈，我爱的也许只是我身体里没有的东西。我总是那么贪心，总是想得到的更多，想知道得更多，越多越好。我站在场外，看着他们如此欢乐而难过不已。但我也是欢乐的吧？只要在我跳舞的时候，同样也会什么都能得到。

我和比加玛丽约好，晚上一起去跳舞。因为我们没有像别人那样给主人家送贺礼，甚至连扯块布、包块方糖饼什么的都没准备。当然也就不好意思去吃人家的抓肉。每次总是等到晚宴散尽了，才挤进院子里的人群中，找个地方坐下来，等着舞曲奏响。

比加玛丽是结过婚的妇人，仍像小姑娘一样活泼得要死，也不知道一天到晚怎么就那么能闹笑话。走到这里，"哈哈哈！"走到那里，"哈哈哈！"只要有她经过的地方，一路上准热闹非凡，不断有人在她后面嚷嚷："这个比加玛丽呀！脑子出问题了……"偏她嗓门又尖又亮，她要是突然在某个地方"啊——"地惊叫起来，半个村子的人都全知道了："今天晚上嘛，又有拖依了……"

比加玛丽结过婚的，而我是个汉族姑娘。我俩都不太好在舞会上搭理小伙子。于是我俩是较为固定的舞伴。在一起的时候，总是由她领着我跳，我就跟着她瞎转。她高高地仰起下巴，骄傲地，有力地拧动着长而柔曼的双臂。——这哪里是个妇人？分明也是个青春遥遥无期的小姑娘呀。我有时候跳着跳着停下来，站在一边看她跳，看她眼睛发光、面孔发光、辫梢发光、舞姿发光，整个人光芒四射。

突然又想起比加玛丽还是个做过母亲的人呢。但是她的小宝宝太倒霉了，摊到一个这么笨的妈妈——孩子都两岁多了，被妈妈一不留神烫死了，当时她失手摔了一只开水瓶……后来又有了一个宝宝，却又在不满周岁时在被窝里给捂死了。

我到她家去玩，她就把她夭折的孩子的相框从墙上摘下来给我看，还很得意地说："怎么样，漂亮得很吧？她长得白白的……"一点儿也没有悲伤的意思。我想她也没必要太悲伤。她本人也是个孩子呢，她的人生也才刚刚开始。对她来说，似乎无论什么时候开始都不算太晚，无论开始了多少次都同第一次开始一样。——嗯，后来会有的事情全都应该是快乐的事情。比如说，后来她肯定还会再有许多漂亮平安的小宝宝的。

——可是，现在都凌晨一点了！舞曲从拖依上远远地传过来,都已经跳过三支曲子了,我还在家里坐着等那个笨女人!真是急死人……这时,第四支曲子开始了,正是我最喜欢的舞步!哪还能等下去啊!便起身往她家摸黑而去。到了地方,趴在她家窗台上一看,这个家伙居然端端正正坐在炕上织毛衣!真是气坏了,我大力捶打玻璃。听到动静,比加玛丽忙扭过头来,还朝我一个劲地摆手。

我绕到院门走进去,比加玛丽已经等在门口了。

"喂喂喂,你干吗呢,你忘掉了是不是?都几点了?……"

她连忙拉着我,用汉话说:"小声点嘛,老公回来了!!"

真是让人想不通,这个笨女人,怎么就像怕爸爸一样地怕老公。这有什么好怕的嘛。我牵了她的手,把她拽进房子,一直走到她丈夫面前,大声说:"你看你都把你媳妇吓成这样了!大家都是年轻人,出去玩一玩嘛,有什么不愿意的?"

她丈夫连忙说:"胡说,我又没打她,又没骂她的,又没拿绳子拴她,她要去就去嘛。"他是个回族人,也说汉话的。

虽然这样说了,比加玛丽还是一副心甘情愿的受气样,垂着头,有一针没一针地戳着毛衣。真是急死人了。

我又冲她丈夫嚷嚷:"你看,你平时肯定厉害得很吧?要不然人家怎么怕成这样!"

"谁说的,我又没打她,又没骂她……"

"谁知道你们俩的事情,你打了她,骂了她,还会和我说吗?"

"哪有什么事情,我又没打她,又没骂她……"

"那她为什么怕你?"

"她怕我吗?我看她才不怕呢!"

比加玛丽连忙说:"好了好了,我不去了,不去了……"

那怎么能行?真是没道理!我说:"玛丽,你别理他,今天有我在呢,你就别怕了!"

又扭过头去:"你看,这回还有什么可说的!真是太坏了你!就知道欺负老婆。人家明明想去嘛,干吗要吓唬人?!真是太过分了你!不就是跳个舞嘛!什么意思嘛你?不服你也去跳呀?哼,平时我还觉得你挺好的,想不到你原来是这样的人……"

当我说到"……每次你在我们家商店买鸡蛋,我们给得那么便宜……"时,他终于被我烦死了:"好吧好吧,去吧去吧……赶快去!给我早点回来!"

比加玛丽大喜,但还是试探似的,小心翼翼地说:"真的?"

"我保证！就一个小时！一个小时就把人给你带回来！"我连忙推着比加玛丽往外走，"哎呀走吧！没事，有事你来找我，我帮你收拾他……"

"我还没换衣服！"

等比加玛丽仔仔细细换了衣服，梳了头发，足足半个小时过去了。路过另一个回族小媳妇霞霞家时，她又要求把霞霞也叫上。可恨的是，这个霞霞也是个怕老公的角色。于是等霞霞也被成功营救出来时，已经快要凌晨两点了。我心急如焚。

我们在村子里黑暗的土路上深一脚浅一脚往拖依上赶。远远地听到电子琴声了，心中忍不住一下子膨胀开来，身体一下子轻盈了。我紧走几步，来到举办拖依的那家院墙边，踮足趴在墙上往院子里看，一眼看到麦西拉正站在房子台阶旁支着的电子琴边，微笑着弹琴，所有的光都照在他的面孔上。乡村女歌手尖锐明亮的嗓音一路传向上面黑暗的夜空里。我抬头眩目地看着。身边的比加玛丽和霞霞已经闪进舞池，活泼矫健地展开了双臂。有人走到我面前伸出手来，我不得不接受。我迈出第一步。这一步一迈出去，才知道今夜还早着呢，一切都没有开始。

……好了，又是一个快乐的夜晚。一个小时怎么够呢？回去的事情我才不管呢，比加玛丽两口子爱怎么闹就怎么闹去吧。

秋天最后几个阳光灿烂的日子里,我哪儿也不想去。深深地坐在店里的缝纫机后面,一针一线地干活。但是抬头望向窗外的时候,那一汪蓝天蓝得令人心碎。忍不住放下衣料,把针别在衣襟上,锁上店门出去了。

我在村子里的小路上慢慢地走。虽然这个季节是喀吾图人最多的时候,羊群也全下山了,但此时看来,喀吾图白天里的情景与往日似乎没什么不同。路上空空荡荡,路两边家家户户院落紧锁,院墙低矮。有时候会看到有小小的孩子在院墙里"咿咿唔唔"地爬着玩。我知道,秋天里的喀吾图,欢乐全在夜晚……绕过一片墓地,渐渐地快要走到村头的水渠边了。这一带,院落零乱了起来,高高低低地随着小坡的走势而起伏。更远的地方是零零碎碎的一些空地,没有树。有一个男孩正在那里和泥巴翻土坯。那块空地上都快给敦敦厚厚的土坯铺满了。这些土坯晒干后,就可以盖房子了。但是,谁家会在这种时候盖房子呢?秋天都快过去了,一天比一天冷。

这个男孩发现我在注视他后,一下子有些不好意思似的。本来干得利索又欢快的,这会儿磨蹭起来,有一下没一下地用铁锹搅着和好的泥巴,等着我赶快走开。

我认识他,他是胖医生巴定的小儿子哈布德哈兰,还在上初中呢。他打着赤臂,脊背又黑又亮。估计是在打零工赚钱。

我偏不走。我站在那里,东看看,西看看,和他没话找话说。

"干吗呢?盖房子啦?娶媳妇啦?"

他汉话不太利索:"没有没有,娶媳妇不是的。垒围墙嘛,你看,墙垮了……"

他飞快地指了一下前面,我还没看清楚,他就缩回手去了,继续心慌意乱地搅他的泥巴。

他脸上全是泥巴粒,裤子上都结了一层发白的泥壳子。

我笑嘻嘻地走了,越想越好笑。这小子上次在我家店里赊了一包五毛钱的虾条,都两个月了。算了,不让他还了。

我走到土路尽头的高地,拐了个弯儿,准备从另一条路上绕回去。前面再走下去,就是戈壁滩和旱麦地了。水渠在身边哗啦啦流淌着,水流清澈而湍急。我沿水渠走了一会儿,上了一架独木桥。然而一抬头,就看到了麦西拉。

他也在翻土块。他正在水渠对面不远处的空地上,弯着腰端起沉重的装满泥浆的木模子,然后紧走几步,猛地翻过来,端正地扣在平地上,再稳稳揭开,扣出来的泥坯整整齐齐。他的侧面还是那么漂亮,头发有些乱了,由于正在干脏活，穿了件又脏又破的衣服。

我一下子不知该怎么办才好。总不能像和哈布德哈兰开玩笑一样也来一句"干吗呢？盖房子啦？娶媳妇啦？"幸好他干得很认真，没有注意到我来了。

我怔了一下，赶紧转个身，顺原路快快地走掉了。

我为什么总是那么的骄傲呢？我不愿意如此悠悠闲闲、衣着整洁地见到浑身泥浆的麦西拉，正如那晚我不愿意邋里邋遢地面对他一样。我连自己都不能明白，就更不能明白别人了……麦西拉就像个国王一样。他高大、漂亮，有一颗柔和清静的心，还有一双艺术的手——这双手此时正有力地握着铁锹把子。但是我知道，它拨动过的琴弦，曾如何一声一声进入世界隐蔽的角落，进入另一个年轻人的心中……我真庆幸，有一些话，自己到底还是没有说出来。

以后，我会爱上别的人的，年轻岁月如此漫长……想到这个才稍微高兴了一点。要不然又能怎么办呢？当我已经知道了梦想的不可能之处时——不仅仅因为我是汉族姑娘，不仅仅因为我和麦西拉完全不一样……其实我什么也不知道，什么也不能明白。幸好，从头到尾我什么也没有说出来过，什么也不曾让他知道……

我又想，麦西拉的新娘子，应该是一个又高又美的哈萨克族女子。当她生过三个孩子之后，体重就会超过两百斤，无论是站是坐都稳稳当当。她目光平静，穿着长裙，披着羊毛大方巾。她弯腰走出毡房，走到碧绿辽远的夏牧场上，拎着挤奶的小桶和板凳，走向毡房不远处用木头栏杆围起来的牛圈……所有看到这一幕情景的人，都会如同受到恩惠一般，满心又是欢喜又是感激。想起世世代代流传下的那些事情，到了今天仍没有结束……我也没有结束。甚至我还没有开始呢！

　　回去的路空荡又安静。路上我又碰到了小库兰——对了，库兰原来是个女孩子呢！她的头发慢慢长出来了（我们这里的小孩子到了夏天都剃光头的），只有一寸多长，又细又软，淡淡的金色和浅栗色掺杂着。在夏牧场上晒黑的脸现在捂白了一些。她一看到我就站住了，站在马路中央，捂着缺牙的嘴冲我笑。我远远地看着这个浑身灿烂的美丽小孩，又抬头看天，看鲜艳的金色落叶从蓝天上旋转着飘落……这美丽的秋天，这跳舞的季节。又想到今夜的拖依，哎，怎能没有希望？

　　和库兰分别后的一路上就再没有人了，我真想跳着舞回去。

　　我仍在自己的生活中生活，干必需的活，赚必需的钱。生活平静繁忙。但是我知道这平静和这繁忙之中深深忍抑着什么。每当我平静地穿针引线时,我会想到,我这样的身体里面有舞蹈;每当我不厌其烦地和顾客讨价还价,为一毛钱和对方争吵半天时,会有那么一下子也突然惊觉,我这样的身体里是有舞蹈的;每当我熬到深夜,活还远远没有干完,疲倦得手指头都不听使唤了,瞌睡得恨不得在上下眼皮之间撑一根火柴棍时……我这样的身体里是有舞蹈的呀!我想要在每一分钟里都展开四肢,都进入音乐之中——这样的身体,不是为着疲惫、为着衰老、为着躲藏的呀!

我在夜里深深地躺在黑暗之中,听着遥远地方传来的电子琴声,几次入梦,又几次转醒。梦里也在回想过去时候的一些情景——当我和邻居家(也是裁缝)的几个女孩子手拉手,走在通往村里那条黑暗的土路上,深一脚浅一脚地踩在厚厚的尘土里,跌跌撞撞往拖依上赶……到了地方鞋就很脏了,于是在院门口捡几片落叶反复地擦,然后干干净净地进门。我们一进去,就有人大声喊了起来:

"哦——裁缝家的丫头们来了!"

我们洁净新鲜地站在一排,很不好意思地——其实是暗自得意地——笑。很快人群把我们簇拥进舞蹈之中。彩灯在上方晃动,但却感觉不到风。彩灯的光芒之外全是黑暗。我还想再看清什么，有人穿过重重的人群，笔直来到我的面前，热烈地看着我，向我伸出手来……

在深夜里的深深的黑暗中，一次次醒过来，仔细地听遥远的舞曲声；又一次次睡去，终于有一次梦见了麦西拉，他还是站在电子琴边随意地弹拨着……我是多么熟悉他的笑容啊！

当我终于熟睡过去——我熟睡的身体里还会有舞蹈吗？每当我想到我熟睡的身体静静置放在喀吾图的深夜之中，就会看到它正与深夜中喀吾图另一处的狂欢的景象互相牵扯着，欲罢不能。

就这样，整个秋天我都在想着爱情的事——我出于年轻而爱上了麦西拉，可那又能怎么样呢？我在高而辽阔的河岸上慢慢地走着，河水深深地陷在河谷里，深深地流淌。我停下来，轻轻地踢着脚下的一小块陷在地里的石头，直到把它踢得翻出来为止。然后，再把它重新踢回那个小坑里，重新端端正正地陷在大地上。我想我是真的爱着麦西拉，我能够确信这样的爱情，我的确在思念着他——可那又能怎么样呢？我并不认识他，更重要的是，我也没法让他认识我。而且，谁认识谁呀，谁不认识谁呀——这些似乎都是与我对他的爱情无关的，就像我对麦西拉的爱是与麦西拉无关的一样……不是说过,我只是出于年轻而爱的吗?要不又能怎么办呢?白白地年轻着。或者,出于这个世界的种种美丽之处吧?在这样美丽着的世界里,一个人的话总是令人难过的。所以我就有所渴望了,所以麦西拉就出现了……秋天快要过去了,而这片大地还是那么碧绿葱茏。只有河床下,水流边的白桦林黄透了叶子,纷纷坠落。洁白明净的枝子冷清地裸在蓝天下,树下的草地厚厚地积铺了一层灿烂的金色。

我还在思念着。思念了过去的事情,又开始思念未来的事情,说不出的悲伤和幸福。我慢慢地走,虽然整条河谷从下方幽幽向上渗着蓝色的寒气,但上空的阳光却是明亮温暖的,脊背上一团热气,头发都晒得烫手。视野空旷。我说不清楚我是在爱着这样的世界,还是在怨恨着。角百灵飞快敏捷地从前面不远处的刺玫丛中蹿起,划着弧线,一起一纵地上升到蓝天之中。我抬头看,一字形的雁阵正浩荡地经过这片天空。万里无云。

更远的地方是金光灿烂的收割后的麦茬地。有一个人正从那片金光中走过来,扛着铁锹。我便站住脚,往那边看了好一会儿。但他不是麦西拉。那个人走近了,远远地和我打招呼。可是我不认识他。

"喂,孩子,喀吾图嘛,好地方嘛!"

"就是呀,喀吾图好呢。"

"听说你要走了?"

我就笑了起来。

"不走不走,为什么要走呢?喀吾图这么好。"

他走到我面前站住了:"今天晚上嘛,去我的家里吧,我的家,有拖依嘛。"

"好呀!"我一下子高兴起来,"你们家在哪儿呢?"

"你晚上过了桥,就往那边看,哪家院子的灯多,人多,到处亮亮的,就是我的家了。"

他指了一下河对面。我扭头顺着他的指向看去,河那边高地上的一片村庄正安静地横置在世界的明亮之中——秋天的明亮之中。河流上空静静地悬着铁索吊桥。

坐班车到桥头去

冬天实在太冷了。若是冬天搭乘在县城和桥头之间运营的那趟班车的话，紧紧地塞满一车的不是人，而是外套。每个人都裹得严严实实，男人顶着沉重豪华的皮帽子，女人给大头巾缠得刀枪不入。孩子们更是被捆扎得里三层外三层，一个个圆乎乎的，胳膊腿儿都动弹不了。拎起个孩子往地上一扔，还会反弹回来。

班车只有一辆，来一天，去一天，要想搭这辆车进城或去桥头，得算好单双日。

但到了十二月底，大雪封路的时候，这辆唯一的线路车就停运了，直到次年五月份才能重新通车。因此，冬天里要去桥头的话，车只能坐到中途的可可托海，然后再雇一辆马拉雪橇去桥头。

班车是一辆绿色的中巴，开车的师傅五十来岁，整天笑呵呵的。要是有人在路边招手拦车，他就一边踩刹车，一边嘴里"嘟儿……"地发出勒马的声音。

另外他还给沿途的所有村子都取了绰号,比如铁买克村,他称之为"莫合烟村",因为"铁买克"是"烟"的意思,而当地人一般都只抽最便宜的莫合卷烟。

至于什么"二杆子村""贼娃子村""尕老汉村"……为何这样编排,就不太清楚了。

他那辆破车尽管到处缠满了透明胶带,还是四面漏风。暖气是一点儿也没有的,大家挤在一起紧坐着,每人嘴前一团白气。偏那破车又开得死慢死慢,一摇三晃荡,似乎随时都会散架。慢的呀,一路上让人越坐越绝望。

不管我上车之前去得有多早,最后得到的座位总是引擎盖子。因为途中每上来一个旅客,司机都会重新分配一下座位。谁叫我年轻呢,好座位自然要让给老人了。

坐在引擎盖子上最倒霉了,因为司机是个大烟鬼,一路上抽个不停,把人熏得昏头昏脑。不过幸好是冬天,穿得很厚,倒也不怕硬硬的引擎盖子硌屁股。

最怕的是冷,那个冷啊——冷得人一动都不敢动,觉得动弹一下都会瞬间露出破绽,让四面围攻的寒冷逮着个空子,猛地掏空掩藏在身体最深处的温暖。四肢又沉又硬,唯一的柔软和温暖只在胸腔里。我偎在蜂鸣器般颤动的引擎盖子上,蜷着腿,尽量把身子缩成最小的一团,眼观鼻，鼻观心，默念剩余的时间，一秒钟一秒钟地忍受。这时，眼睛一瞟，看到旁边坐着的老头身上披的羊皮大衣垂下来一角。大喜，立刻捞过来盖在腿上。皮大衣这东西真好，又沉重又不透风，很快，上半身和下半身出现了温差。我袖着手，缩着脖子，继续默念剩余的时间。

可是，车到可可托海，那件救命大衣就要跟着老头下车了。可我还没反应过来，拽着大衣一角，不愿意放手。那老头扯着另一头，同情地看着我。我又拽了两下，才绝望地放弃。

温暖新鲜的双腿全部暴露在冷空气中，可以听到坚硬的冷空气大口大口吸吮这温暖时发出的"吱啦啦……"的声音。上半身和下半身的温差立刻调了个个儿。又因为上半身已经麻木不仁，而下半身刚刚进入寒冷中，还敏感得很，也就更痛苦了……

可可托海是新疆的寒极，据说也是中国的寒极。在八十年代有过零下五十一点五摄氏度的纪录，而寻常的冬天里，三九天降到零下四十摄氏度则是经常的事。

幸好只痛苦了十几分钟，马上出现转机。车还没开出可可托海那条美丽的林荫道，就有一个女人带着几个孩子在路边等车。车门一开，拥上来一群小家伙。我眼明手快，逮着个最胖的，一把捞过来抱在膝盖上，沉甸甸的温暖猛地严严实实罩了上来。他的母亲还拼命向我道谢。

冬天太冷了，夏天又太热了。坐车去桥头，从来没有过舒服的日子。

夏天仍经常坐引擎盖子，盖子非常烫。幸好我不怕烫。还觉得越烫越能防晕车。只是多了件义务：每过一段时间，就得帮司机把盖子掀开，往滚烫的机器上浇点水，使之降温。

车开得非常之慢，那是一种很有问题的慢。司机如履薄冰，似乎稍微提点速车就会爆炸似的。

冬天的话，车玻璃上结了厚厚的冰霜，一点也看不到外面的情形。车慢些也就无所谓，反正到头来总会到地方。夏天就不一样了，毕竟有了对比。其"慢"的状态，如勒索一般分分秒秒地在意识的玻璃表层刮啊，抠啊，用钉子尖不停地"吱吱扭扭"划着……太折磨人了！坐在车上，数着路边的青草叶子，和路边行人长久地对视，剥一颗糖扔给路边的狗并看着它心满意足地嚼完……天啦，慢得令人神经衰弱。坐在窗边，外面的风景慢条斯理地退却，简直想从窗户跳出去，干脆跟着车一同缓步前行。

而这一路上又没有像样的公路（从桥头到可可托海全是凸凹不平的自然土路，从可可托海到县城则是年代久远、千疮百孔、满是翻浆地面的柏油路。还断毁了好几处，汽车得不时下了路基远远绕过去），车厢左右摇晃。又由于车速过慢，这摇晃的幅度被无限拉展开来，像拉展开一截橡皮筋似的，长而紧绷绷的。我晕车，在"慢"中异常清晰地感觉着这种颠簸——刻骨铭心地感觉着。

再加上那个热，又闷又热，引擎盖子的烫权当是以毒攻毒，但四面八方紧裹着的"闷"却丝毫没办法对付。空气不足，一个劲儿地流汗——不，那不是"流汗"，那是在"漏水"，浑身上下到处都在湿答答地漏着。头发一绺一绺的，皮肤绯红滚烫，空气中布满了尘土，脸上黏糊糊的。

在特别炎热的日子里，车过高原，遇到了猛烈的大风，窗子呼呼啦啦响个不停，但又不能关上。真是奇怪，总是这样——夏天，这辆破车上所有的窗子都坏得关都关不上；而到了冬天，则是坏得打也打不开。

坐在窗户边的时候，滚烫的风像是固体一般用力地往脸上按挤，火烧火燎，只好掏出一本书挡着。挡了没一会儿，那本书便沉重不已，手腕累得僵硬。旁边坐的女孩直接把一件衣服蒙在头上，呼呼大睡。这么烫的空气亏她也能睡得着。

驶出高原，开始进山驶入丘陵地带的盘山道时，风势终于小了。但晕车照例开始了。

每次进入缠绕着重重盘山道的"乌恰沟",司机就热情洋溢地对全体乘客说:"乌恰沟,九十九道弯啊!不信你们自己数……"导游一般。每次我都认真数了,但该晕车还是得晕。并且因为数得焦头烂额,便更晕了。

路过一棵树,司机又高兴地说:"这是最后一棵树了,过了这棵树,再走两个小时,才能看到下一棵……"我便非常地爱那棵树,每次路过时,额外多看几眼。

又路过一块风蚀得千疮百孔的大石头,说:"像不像只癞蛤蟆啊?那是眼睛,那是嘴巴……啧啧,太像了!"我却怎么看都不像。石头上覆盖着斑斓美丽的石衣。

路太难走了!一边是深深的水涧,一边是山体,路面狭窄而倾斜,不时有山泉冲刷过路面,冲去泥土,凸出坚硬的石块,掏出深深的水沟。汽车驶过时,所有人一起猛地跳起来,又一起被摔回座位。

有好几截路面,根本就是在河里蹚水路。那水波光粼粼的,清澈活泼,倒是十分美丽。

过了那棵树,再往里,果然再也看不到树了,只有一些芦苇稀稀拉拉地生长在河谷深处细细的水流旁边。河沙雪白。

视野中上部,满目荒凉,放眼望去只有秃山顽石,看不到一点点植物的绿色。荒山上方的天空却是那样蓝,凛洌地蓝着，比刚才在高原上看到的天空更蓝，蓝得——饱和得——似乎即将要滴下来浓重的一大滴蓝似的。

中巴慢慢吞吞、摇摇晃晃、跌跌撞撞。猛地左拐，又猛地右拐，再突然蹦起来。然后像过电一样，换到一挡吼叫着爬上坡路。

我则天旋地转，头疼欲裂，喉咙里一阵一阵地泛酸水。必要的时候，就请求司机停车，然后镇静地走下去，走得远远的，找个没人看到的地方再吐——收放自如。这是在长期晕车实践中练成的本领。

总是在吐完后，精神大作，头疼立刻好了很多。但浑身无力，瘫在座位上，像只破口袋，被左摇右晃的车甩过来甩过去的，闭上眼睛静待下一轮晕车的开始。

有时睁开眼，看到车已经爬上了一处高地，远处山野茫茫、连绵不绝；有时睁开眼，看到车仍在沟谷中迂回，绕不尽的山路……突然，前方山体上有石灰写下的惊心动魄的巨大白字："鸣笛！！"闭上眼的一刹那，看到不远处荒野里一座石砌的空羊圈。

睡眠无非是半清醒状态，清醒状态则裹挟着无边无际的眩晕。车又是一个急转弯，身体内部的器官迅速朝腹腔右侧紧缩，强烈的恶心感又翻涌上来。心里暗暗考虑了一下：这回只有胆汁可吐了，要不要再请司机停一下车?……乌恰沟永无止境一般。但当我睁开眼时,发现中巴已出现在群山最高处。不远处有一座浑圆的山体,在半山腰处那面巨大的斜坡上,一队骆驼缓缓向上攀爬,更远处是开阔坦荡的山中平地,再往前就是美丽的湖泊——可可苏!终于走出乌恰沟了!

四面都是群山,偏中间这块谷地如此平坦广阔,真是稀奇啊。听说在十年前,富蕴县的机场就设在这里呢。但是想想看,太不划算了——坐飞机去乌鲁木齐也就一个小时,但坐汽车到飞机场却得花好几个小时,而且道路如此颠簸难走。

当荒野中的旅人历经漫长的荒凉来到这里,遇到如同最最宁静的梦境一般的可可苏水泽时,心里瞬间涌荡起的情感,不只是赞叹,更有感激吧?

我第一次坐车走这条路到桥头去时(原先去那里走的是野道,从阿尔泰群山间顺着牧道辗转横穿过去的),之前由于加班,已经连续五十多个小时没睡觉了,本来打算上了车再好好睡一觉的,结果却在候车室里就睡得不省人事。幸好事先请候车厅的一个保洁老大娘提醒我,后来检票时,她果然跑来叫我,费尽千辛万苦才推醒我并说服我上车。我迷迷糊糊检了票,迷迷糊糊跟着一些人上了一辆车，一屁股坐下，倒头又睡。旁边有人大声提醒我坐错地方了，那是他的位置。但我连搭理他的力气都没有了，不顾一切地沉入睡眠最深处，他只好另外找座位去。

那是我唯一没有晕车的一次，一路上的磕磕碰碰对如此深沉的睡眠竟然造成不了任何影响。梦中的情景春去秋来、沧海桑田，根本脱身不得。但哪怕在梦里，似乎也能明白自己是在坐车，因为头靠在窗玻璃上，不时地撞得"咚！咚！咚！"地响。每撞一下，全车的人集体惊呼一次。这"咚咚"声和惊呼声历历入耳，但就是醒不过来。

等好容易挣扎着醒过来，发现脑袋和玻璃之间给塞了个厚厚的座椅垫子，不知哪个好心人干的——当然，倒不是怕我撞坏了头，而是怕我撞坏了玻璃。

那时车上只有我一个人了，脑袋抵着个垫子发呆，还以为这就到地方了呢。晕头晕脑下了车，发现中巴停在荒野中一排土房子前的空地上。房子像是饭馆，门很小，紧闭着，没有招牌也没有窗户，但炸鱼的腥香四处弥漫。

我腾云驾雾地走过去，拉开门，房间里面满满一屋子人，喝茶的喝茶，吃馍的吃馍，一看到我，就全笑了起来。还有人跑来看我的脑袋有没有事。

厨房里果然有人在炸鱼，这味道远处闻着特别香，靠近了只觉得腥气浓郁、油烟呛人。

大鱼五毛钱一条，小鱼三毛一条。也不知道老板娘是以什么标准判定大小的。总之她说五毛就是五毛，她说三毛就三毛。结果我五块钱买了一大堆。

我买了鱼就想赶紧躲出去。看到厨房有个后门，便去推它，边推边问："这是哪里来的鱼啊？"等推开门，就一下子知道答案了。门后便是那个美丽的湖泊——可可苏。

可可苏只是一汪小海子，并不大，但在一棵树也没有的荒野中，有着这么一片纯粹美好的水域，真是让人突然间感动得不得了……

有水的地方便有植物，但这湖泊四周一棵树也没有，全是沙滩，草也难得扎几根。所有的植物全生长在湖中央……那是一团一团的芦苇，整齐俊美，随风荡漾，音乐一般分布在湖心，底端连着音乐一般的倒影。

没有风的时候，芦苇同它们的倒影都是清扬的少女小合唱；而有风的时候，芦苇们是主旋律，倒影成了和弦。天空与湖面的色泽多么惊人的一致！……眼下这真是一个圆满的倒影世界。在这个世界之外，哪怕是离这个世界两三步之外的地方，都是截然不同的。远处的雪峰单调乏味，戈壁滩、丘陵、荒山更是毫无浪漫可言。而这湖泊如同被明净的玻璃封住了一般，如同被时间封住了一般。宁静，脆弱，诗情画意。

站在湖边，久了，觉得湖心在视野中是高出水平面的。也就是说，整个湖面呈球面的弧状。沿着这弧线，水鸟被奇妙的引力牵引着，低低地掠过水面；野鸭寂静的鸣叫声也沿抛物线的完美曲线光滑地传来……这一切不仅是凸出视野，更是凸出了现实一般……使得呈现出来的情景虽然极为简单却极为强烈。

此处恰好位于全程的中点，走到这里，一半的旅程结束了。因此每次车到可可苏，都会停留半个多小时，让大家下车吃点东西、休息休息再启程。可可苏野鱼店的鱼特别香，生意也非常好。到了可可苏，休息一会儿，买点炸鱼带回家，成了每一个途经此地的旅人一定会做的事情。而我也不例外，晕车时最大的渴望就是快点到可可苏。离开可可苏后，最大的渴望是快点到家。

过了可可苏，车沿着湖畔又行进了平缓的几公里，便来到了东北面的山脚下，开始继续翻山。这一次的盘山道不多，翻过两个达坂，半个小时就穿越了。从半山腰往下看，眼前又是一处平坦开阔的山间腹地，金色的向日葵铺满了左边的视野，而右边是苜蓿的海洋。中间的道路平直、漆黑，被两排高大整齐的树木夹簇着。更远的地方是青白色的伊雷木湖一角。

　　伊雷木湖呈电话的话筒形，绕着一座山围了大半圈。它不是天然湖，是早年人工筑坝拦住了一条河，淹没了大片的莽林碧野后，才为我们呈现出眼前这幕开阔静止的美景。如今我们看到，湖面水平如镜，湖边不生草木。

　　一路上，树木渐渐多了起来。行人也能看到一些了，大都骑着自行车优哉游哉地来去。自行车这样的交通工具真是太适合田园风光了。

　　骑马的人也有一些，怕汽车惊了马，都在路基下面慢慢地走着。骑马的人都有着深色的面孔和寂静美丽的眼睛。

　　在这条笔直平坦的路上大约驶过半个钟头（多么舒适的路况啊，可惜只有半个小时的距离……），又一次开始爬山。翻上一座达坂后，汽车驶到了最高处，眼前突然白茫茫的一片。对面整座山头像盖满了白雪，又像是玉石的大山一般，晶莹耀眼！

　　那是堆积成山的矿渣。可可托海到了。

　　高大整齐的白杨树夹道而生。树冠在高处密密地交织着，阴凉安逸。这条美丽的林荫道大约有七八公里，穿过两边林带看去，农田碧绿宽广，偶尔经过的房屋破旧而高大。这一路上看到的建筑大都是过去的俄式风格，有着拱形屋顶和门廊。墙上刷的标语怎么看都像是二三十年前的内容。路过的一个三岔路口非常热闹,有好几家商店和饭馆子凑在那里。其中一家看起来最阔气的店面是卖摩托车的,店外贴了一张盖住了整面墙的摩托车广告的喷绘招贴,刘德华板着脸站在那里,旁边一头牛正在津津有味地舔他的脸。

一路上标识着村庄的路牌不时闪过。每一个村子都有一个音节动听的哈语名称,比如"喀拉莫依拉"。另外还有一些汉语称呼,则一看就是时代遗风,如:"红旗公社"。当然,这些名称现在只出现在人们的口语里,或是乡间围墙上的广告语里、店面招牌上。如:"红旗公社五队某某家有柴油机转让"或"高潮公社食堂"之类。我们这里的人,都把"村庄"叫作"公社",把饭馆子称为"食堂"。

以可可托海为中心,分布着许多村子,远远近近,遥相呼应。继续往北走,村子与村子之间明显拉开了距离。才开始,之间还有农田相连,后来,彼此之间就只有莽莽戈壁滩和荒山。经过木材检查站后,便渐渐远离了最后一个村庄,又开始了绵绵无边的荒野跋涉。

不过比起乌恰沟,这一段路面平缓多了,至少没有那么多的弯儿。但路况同样糟糕,尘土很曝。

好在视野远处好歹有些绿色。虽然近处仍是一棵树也没有。

最不可思议的是，在前不着村、后不着店，走半天也看不到一点人烟的荒郊野岭里，会突然冒出一块很大的广告牌，上书："计划生育，人人有责。"

继续向北深入，山体越来越庞大，空气迅速凉了下来。不久后，视野尽头的高山上出现了斑驳的黑影，那是森林边缘的林子。右侧大山的山顶上也有了一线黑痕，那是山坡背阴面森林的林梢。

进入山区，越来越强烈地感觉到区域性小气候的奇妙——明明是盛夏，阳光灿烂，但四周寒气嗖嗖，浑身发冷。此时太阳已经渐渐西沉，距群山越来越近了。

左侧开阔地带的山脚下，开始稀稀拉拉地有了些树。越往前走，树越多，大都是杉树和白桦树。而之前经过的地方大多是柳树或杨树。树林里流过的大河是额尔齐斯河的第一条支流——喀依尔特河。但因为距离太远，除了河边盎然的绿意，我们一点儿也看不到河水。

渐渐地又有了村庄和麦田。较之可可托海那边的民居，这边的房子盖得很是随意，东一座西一座，全是掏了洞的泥巴盒子，歪歪斜斜，缩手缩脚。有时某只泥盒子里会走出穿着桃红色衣裙的妇人，边走边整理自己宝石蓝的头巾。离她不远的一棵树静止在斜阳横扫过来的余晖中，每一片枝叶都那么清晰动人。整棵树上的金色和绿色水乳交融。

车离目的地越来越近，开始边走边停。不时有人大包小包地下车，一个一个向着路边斜出去的一条条小径孤独地去了。如果车停在村口较为热闹的某处，车门一开，门边会立刻聚上一群人，探头往车里看，大声询问司机某某某回来没有。或者只是闲着没事凑过来看个热闹而已。更多的是孩子们，泥头泥脑的，一看到车停下就奔跑过来，拥在车门口推搡着，巴巴地往里看，盼望下车的人（那可是从城里回来的人！大包小包的人，丰收了的人……）顺手喂自己一粒糖豆。

太阳完全下山了，暮色渐渐暗去，小河流过木桥，平缓舒畅。河心排列的卵石清洁而美丽。天空的云霞向西流逝，拖出长长的、激动的流苏。此刻的天空是飞翔的天空，整面天空都向西倾斜着。东面的大山金碧辉煌。中巴又行驶了半个多小时，经过路边一个写着"进入林区，小心防火"的木牌后，绕过一截峭壁，一拐弯，一眼就看到前方树林中突兀地出现的两幢庞然大物——它与前面一路上所看到的所有的荒村野地成震撼的对比——那是两幢钢筋水泥的五层楼楼房。

那是当年云母矿全盛时期的产物，是桥头的"标志性建筑"。可如今再也没人住在里面了。两幢楼空空如也，窗户只剩窗洞，门只剩门洞，如同一万年后出土的事物一般。只有附近的牛羊会在傍晚去那里过夜，它们顺着楼梯爬到二楼三楼，沉默地卧在某间空旷的客厅中央。

车向着那两幢楼慢慢驶近，路过了一个篮球场（四周还有完好的阶梯看台），野草在水泥地面的裂隙处旺盛地生长着，龟纹似的绿痕遍布这片整齐的方形空地。篮球场的另一面是浓密的白桦林。

车从两幢楼房中间通过，再拐一个弯，眼前豁然出现了一大片开阔的建筑物废墟，满目断壁残垣。更远处是大片麦田。桥头唯一较为完好的两排土坯墙房子夹着一条崎岖不平的土路。汽车缓缓走到土路尽头，疲惫地停下。马路边等待已久的人们向车门聚拢了过来，冲车里大声呼喊着亲人的名字。终于到了。我都写累了。

弹唱会上

我穿得漂漂亮亮的去看弹唱会。结果到地方以后，帽子也弄丢了，包也弄脏了，浑身泥巴乎乎的，上衣只剩下了一粒扣子，裤子上还给挂破了一个三角口，脸上青一块紫一块，眼镜镜片也裂成了放射状。

幸好另一个镜片还是完整的。而且那个裂成放射状的镜片也只是裂成了放射状而已，仍完整地固定在镜框上，看来一时半刻还散不下来。帽子丢了就不戴了，包脏了就脏了。至于裤子嘛，我拆下随身带的一个小本子上的书钉，一共三个，刚好够用，像别针一样把撕坏的那道大口子连到一起。

最后，又把脖子上围着的方形大头巾解下来，对折了系在腰上。这样，敞开的衣服就合拢了。

但是这样一来，我就再也不想去看弹唱会了！只想着回家……

顺便说一句，我们刚出车祸了。那个破破的小农用"方圆"货车载着我们十几个人（全坐在后车斗里），一头栽向山路左侧的水涧，于是就把我的新衣服弄成了这样。

我还并不算惨。车翻倒时，坐我对面木墩上、背靠车斗边栏的那个老太太被甩了出去，现在站都站不起来了。

我身边那对双胞胎姐妹没完没了地哭。其实她俩倒是啥事也没有。

好在大家都还在，车也没有坏到令人绝望的程度。

搭车的男人们都开始想法子帮司机把车弄回路面。有几个人分头去寻找附近的牧民毡房，回来时，不但借到许多两指粗的羊毛绳，还带来了几个帮忙的男人。

还有两个人去大坂上拦车，后来真拦到一辆能牵引的大车，帮我们把车拖了上来。

由于这条S形的山路特别陡，一下点雨就出事。所以在道路最险要的一个大拐弯处立了一根特别粗的木头桩子，过往的司机们都叫它"救命桩"。一旦出事后，用长长的铁链子或几股粗麻绳绕过这个"救命桩"，系住倒了霉的那辆车。在另一端让别的大马力汽车在路面上慢慢地向下牵动，就可以把车拖回路面。

据说这根奇大奇粗的桩子是十多年前被一个女人栽下的，她用这根桩子救下了她丈夫的命。当年她才十八九岁，两口子上山倒黑木头赚钱。出了事后，她丈夫腿压断了，人也给吓蒙了，什么都不晓得了。两个人坐在路边抱头痛哭。后来女的舍不得车（私人倒木头是违法的，如果求救于附近的林管站，车会被没收的），就连夜步行三四十公里的山路，在山下的村子里找来几个男人，回到出事故的地方栽了这桩子，才把车拖了上来。于是这根桩子一直被使用到现在，据说每年都会派上好几次用场。

后来我居然还见着了那个女人。那时我已经在弹唱会上了，有人把她指给我看，我盯着她看了好一会儿。她又矮又瘦，领着三个哭哭啼啼的小孩，对她丈夫又吼又叫。

那个女人一家在弹唱会的人堆里扎了个小棚，铺了个地摊，卖点汽水火腿肠之类，贵得要死。

而那时我正饿得要死，跑到她的摊子上一问，我们家店里只卖四毛钱一根的火腿肠到了她这里却卖到一块五一根，而那种带颜色的甜水就更别提了！这么贵我还不如去吃拌面。

但是等我走进一个挂着"食堂"牌子的帐篷问了拌面价格后……只好再回去找那个传奇女人。她带着和当年栽好"救命桩"时差不多一样的胜利微笑把火腿肠和橘子水卖给了我。

在这周围喧喧嚷嚷的人群中，在这寻常生活左一笔右一笔的重重涂抹下,是不是只有我一个人还在惦记着那个以她为主角的过去岁月里的传奇故事?……

弹唱会上真热闹。到处都是人,所有人都在笑着。雪白的毡房一串一串的,沿着这条沟一路扎到下一条沟,好几十个呢!这不会是牧民住的毡房,因为它们白得太假了。而且,虽然富裕的牧民也会在毡房外面再蒙层白帆布,但决不会往帆布上绣大朵大朵的花……听说这些漂亮的房子全是政府扎起来给上面来的领导们住的。其他人得给钱才让住进去,没人住就空在那里图个热闹。

看起来似乎来弹唱会上做生意的人比来观看弹唱会的人还多。大约是因为,凡是来观看弹唱会的人都会顺便在附近支个摊做点生意,好把往返的路费赚回来。

看这样的一次弹唱会是很不容易的。路途遥远不说,比起县级或乡级的弹唱会,这种大型的地区级弹唱会七年才有一次呢!在各个县市轮着举办(而最最盛大的弹唱会,就不只是一个县、一个地区的哈萨克人的事情了,听说远在蒙古、俄罗斯、哈萨克斯坦等邻境国家的哈萨克人也会赶来参加呢)。所谓弹唱会,就是以阿肯(哈萨克民间歌手、诗人)弹唱表演为主的哈萨克民间聚会活动。一举办就是好几天。除了弹唱以外,还有叼羊呀,赛马呀,姑娘追呀，以及驯鹰、摔跤什么的民间体育竞赛。活动地点一般选择在阿尔泰群山中人迹罕至、草深花浓的地方——也就是夏牧场里最美的地方，而且必须得地势开阔，适合布置弹唱的赛台和跑马。

时间一到，各个牧场的牧人都往那一处凑，既为欣赏表演，也算赶个集市，买些东西什么的。此外，这怕也是朋友相聚的好机会。而其他时间里，谁也难见着谁，各自在各自的草场上寂寞地放羊，相隔着一座又一座的山、一条又一条的河。

这些总是深远地、寂静地进行在不为人知的深山里的集会，其中的欢乐与热闹，很难为外人所体会吧？

然而，弹唱会上，最主要也最重要的节目"弹唱"却什么也听不懂——就两个人坐那儿，弹着冬不拉，以差不多的调儿，你一段来我一段地斗智斗勇，压着韵互相辩驳。最后那个胜出的人到底是怎么胜的都搞不明白。然而，听不懂弹唱又有什么关系呢？听不懂就看好了。观察观众们整齐一致的表情也蛮有意思的。

最有意思的是"姑娘追"，一声令下，男男女女一大群的青年骑手"轰"地从起跑线涌出，策马奔腾在草原上。路程一去一来为一个回合。去的路上，小伙逮着姑娘追逐，边追边说一些让姑娘面红耳赤的话。但姑娘不能生气,实在不想听的话,唯一的办法就是努力甩着鞭子抽马,努力甩开小伙子。但是在回来的路上,姑娘就可以随心所欲地报复了,就开始一个劲儿地反追小伙子,举着鞭子使劲抽,想报多大的仇就报多大的仇。小伙子呢,也不准过于躲避,要想少挨鞭子,也只能加油跑,把姑娘甩开。

在过去,听说这是年轻人表达爱情的一种方式。但到了现在,则成了一项体育活动,或者根本就是一种整人的娱乐了。

叼羊也是马背运动。运动员们分成两组,骑着马,争抢一张裹成一团的白色羊皮,或者是一只砍去脑袋的白色羔羊。那团白色的东西在马群和尘土间若隐若现,时不时被高高地抛上蓝天,再被另一个人准确地接住。然后他的同伴护送着他和他的战利品穿过重重阻截往回赶,赶到指定地点就算赢。有时,这团羊皮会在争夺中跌落在地,然后,有骑手猛地歪在马鞍一侧俯身拾捡,再利索地折回马背,赢得远处观众的喝彩声。

人真多啊。人群里,我跟着一个手臂上高高架着驯鹰的老头儿走了很远。他往左转,我也往左转,他过桥我也过,他在卖花毡的地摊边和人说话,我就在五步远的地方紧紧盯着。

反正也没事干。这会儿赛马还没有开始,摔跤的赛场又挤不进去——挤的人都骑着马在挤呢，堵得又高又结实。除了不时传出来的喝彩声，我对里面的情况一无所知。正着急的时候，在马腿缝里绕来绕去寻找突破口——这时，一扭头，就看到那个架鹰的老头过来了。

他也高高地骑着马，慢条斯理地走在草地上。他的胡子是过去年代才有的那种，嘴角两边各一撇，夸张地弯弯上翘。他又高又大的旧式帽子破旧却隆重，狐狸皮和翻过来的金红色和银绿色相间的缎面闪闪发光。

我一看就喜欢得不得了，他的帽子真漂亮，他的鹰真神气。于是就不由自主跟着走了。

在我们这个时代再也没有猎人了。有的话，也会在前面很不光彩地冠上个"偷"字，偷猎者。野生动物越来越少，必须得加以保护。但我想，造成野生动物的濒临灭亡，其实并不是仅仅因为猎人的缘故吧？这人世间更多的欲望远比猎人的狩猎行为更为黑暗贪婪，且更为狂妄。

最后的驯鹰纹丝不动地立在最后的猎人手臂上，铁铸一般，目不斜视，稳稳当当。还那么的骄傲，仿佛仍在期待一道命令，随时做好准备冲向目标。但是它真的老了，羽毛蓬松稀落，爪子都扭曲变形了。

那些猎人和鹰之间，和这片追逐狩猎的大地之间的古老感人的关系，到了今天，真的就什么也不曾留存下来吗？总觉得眼前的这架鹰的老人，太不真实了——作为正在不断消失的古老事物之一，他周围的那圈空气都与我们所能进入的空气断然分离着，并且还有折射现象。

古老的弹唱会也在与时俱进地改变着内容和形式。虽然在这样的盛会上，牧人们所领略的快乐与这片大地上那些久远时间中曾有过的快乐似乎没什么不同。

我在草地上的人群中无所事事地走来走去，一个熟人也没遇到。参加弹唱会的还有很多城里人，和牧民们的区别在于，他们的衣着很不一样，虽然同样是传统的风格，但更为精致讲究一些。

后来我注意到一个城里女人，生得很白，头发梳得光溜溜的，紧紧地盘起大大的发髻，发髻上缠着灿烂的丝巾，身穿长马夹、长裙、长耳环，脚踏漂亮的小靴子。因为她长得漂亮，穿得也很漂亮，当她从我身边走过时，我便多看了几眼。但是越看越觉得有什么东西挺眼熟的。再仔细一看，她身上穿的对襟绣花马夹……那不是我做的吗？

我过去曾在很长的一段时间里，在二十多件长长的毛线马夹上绣过花。因为那些马夹积压了很长时间都卖不出去，全是普通的平针织出来的，颜色也都偏暗。于是我就试着用一种"人"字形的绣法，用彩色毛线在马夹的门襟、两侧开衩和兜口处绣上了一些一点也看不出痕迹的——好像是天然织上去一般的——当地民族风格的图案。大都是分着岔的羊角图案、小朵的玫瑰、蔓藤状的植物形象和细碎的叶片。每一朵花都配了好几种颜色，每一片花瓣也以两三种、三四种呈过渡关系的颜色细细勾勒，尽量使之斑斓而不花哨。最后又用钩针在马夹的领口、袖口、下摆处织出了宽宽的漂亮花边，熨得平平展展。这样一来，二十多件积压的马夹迅速卖出去了，而且价钱翻了四五倍。

后来更多的人找上门来要那种马夹，连城里的女人也嘱托乡下亲戚来我家小店里打听了。可是我死也不愿意再干这种活了，实在太耗神了，织一件得花两天工夫呢。而且，我也不喜欢干重复的活。这二十多件马夹，都没有什么特定的样子，全是随手绣出，几乎没有两件重样的。可那些女人们却吵得人心烦，这个要沙碧娜那种花样的，那个坚持要和比丽的一样。还有的门襟上要阿依古丽买回家的那种花，下摆却要绣阿依邓的那种……——哪能记得住那么多啊？搞得头疼。

而且绣到最后——也不多，就那二十来件，一针一针地绣啊绣啊，一点一点地进步，费的心思越来越多，还积累了不少经验。哪种颜色和哪种颜色搭配会更和谐，哪种花衬哪种叶子，固定了好多套路。最后搞得一件比一件花哨，竟渐渐俗气起来。一切再也简单不起来了。才两个月，多大的变化啊！

总之，绣花生涯只维持了两个月，在造成过一时轰动之后，坚决停止了下来。说起这事，那帮女人们都快恨死我了。

现在，这个女人就穿着其中的一件——作为节日服装的、能让她感到自信的、最为体面的一件，从容自若地走在传统盛会上，走在古老的情感之中……那古老中有我抹下的一笔。我曾依从这古老的审美行进过一段路程，又在稍有偏离的时候适当地停止。

在弹唱会上走来走去，东瞅瞅，西看看，转了半天也没遇着几个汉族人，自己都感觉到自己显得突兀极了。但周围来来往往的哈萨克族人却没一个感到稀奇，还有人居然笔直地走过来找我问路。还有人问我摔跤比赛为什么要改时间，改到什么时候……好像我应该比他更熟悉弹唱会似的。偏巧他问的那些我又都刚好知道，于是就更有面子了，很热情地给他指点。后来又一想，可能是因为我戴着眼镜，就把我当成是乡政府的工作人员了吧？哪怕戴的是镜片已裂成放射状的眼镜……

靠近半山坡的树林子里有野草莓，从那里走出来的孩子都满手红红的一捧。我也想去摘，但走到一半就没兴趣了。真是无聊，不辞辛苦跑到弹唱会上摘草莓吃。这山野哪里不长草莓呢？于是转过身来往草坡上一倒，睡了一觉。

睡着之前决定一醒来就去找车回家。虽然弹唱会远未结束，但觉得已经看够了。

不知睡了多久，太阳暖洋洋的，耳畔闹哄哄的，并且越来越吵。迷迷糊糊醒来，白昼的光线刺激得眼睛都睁不开，流了很多泪后才看清楚眼前的情景。一时间觉得蓝色的天空沉沉地压到了下方，而深谷地带则升到高处。——在那个高处，在平坦宽广的草地上，赛马正在进行。马蹄翻飞，尘土飞扬。终点处人头簇拥，欢呼不停。我坐起来，感到有些头晕。缓过来后，就跳起来顺着山坡往下跑，可是刚刚跑到山脚下比赛就结束了。冠军已经产生，气氛非常热烈。只见一大群骑手簇拥着一个骑深褐色白蹄马的人朝这边走来。那大约就是冠军了，只见他胸前醒目地标着大大的牌号"7"。我连忙跳到路边一块大石头上面，紧紧盯着他看，居然也小有激动。

马群近了，这才看清那冠军居然只是个十二三岁的少年！真是太厉害了……他脖子上挂着奖牌，满脸汗水还没干，表情却没有特别兴奋的意思。但也没摆什么酷，就那样淡淡地笑着,还有点儿不好意思似的——好像全班同学都被一道题难住时,自己偏偏出风头解答了出来一样地不好意思。

我该去找车了。在地摊区转来转去,问到了好几辆车,却都说不去库委,真有点儿着急了。有个司机说:"这才是弹唱会第一天呢,咋就这么急着要回去啊?"

还有个司机说:"库委啊?海热阿提就是库委的嘛,你们一起回去嘛。"

我大喜:"海热阿提的车在哪里?"

他们哄堂大笑:"海热阿提没有车,只有马!"

我随着他们指的方向回头看,一个孩子在桩子前拴马。明白了,他就是海热阿提,那个小冠军。

不久之前还簇拥在这孩子周围的人全散尽了,金牌也摘了下来。海热阿提在背心外加了一件校服,现在看来只是一个普通的清秀少年。他系好马,取出水喝。这时,另外有一个人走上去向他大声打招呼,便冷不丁给呛了一口。周围的人都笑了起来。

呵呵,其实我倒蛮愿意和这孩子同行一程。正如我能感觉得到听不懂的弹唱内容中,那些核心部分的开端和结束一般——我能感觉到他年少的心灵中某种强大事物正在平静呼吸。如果有这样一个伙伴同行,一路上随便聊聊,一定会很快乐的。并且或多或少,还会知道些什么。

古 贝

在库委,有一天我在森林边上走着走着,认识了一个朋友"贝里",全名"古丽贝里"。我则叫她"古贝"。

我和古贝交流得十分吃力,用了一下午的时间才弄清她家的羊是四百只而不是四万只。另外她还热情地教了我数不清的哈语单词,可惜我全忘了。我也教了她一些汉话,直到多年以后,她还能熟练地用我教给她的那些话来问我:"李娟,你叫什么名字?你几岁了?你有没有对象?你妈妈几岁了?你爸爸几岁了?这是胳膊吗?这是手吗?这是石头吗?……"

那天,我把口袋里揣的花生分给了她一半,她比我先吃完,于是我把剩下的又给她分了一半。我们坐在风中的大石头上吃,吃完了拍拍手,拍拍屁股,便跟着她去她家毡房见她的爸爸妈妈,还喝了两碗酸奶——如果酸奶里面给放点儿糖的话我乐意再喝两碗。

古贝那时十五岁，比我还小呢。但却像我的姐姐似的，高大、爽朗、勤劳、懂事。

其实早在认识之前，我们已经见过好几次面了。只是我不大能记人，觉得那几个哈萨克姑娘都挺好的，却没想到会是同一个人。

有一次是下雨发大水的时候。那天山谷边河中央的石头被高涨的水流淹没了许多，而之前我们过河时都是踩着这些露出水面的石头过去的，这一段河上没有桥。于是，我便被困在了水中央。真是判断失误啊……最开始我从河那边看过来时，脚下这块石头好像离河对岸挺近的，只要像小草鹿那样一纵一跃就过去了。可惜我不是鹿，而且还浑身塞在又厚又笨的棉衣棉裤里。想撤退也不可能了，刚才垫脚过来的那块石头在我起跳的时候因用力过猛给踢翻了，完全沉没在水中。于是，我就那样左摇右晃地站在浑浊急速的水流中央一块巴掌大的、又湿又滑的石头上，东倒西歪，险象环生……

这时，亲爱的古贝从天而降。她在远远的地方勒转缰绳打马小跑到河边，跳下马走过来，站在对岸俯身向我伸出了手。我连忙弯腰抓住，她微微一带，我就安全地跃过去了。双脚一点儿也没触着冰冷刺骨的水流。

还有一次，我像往常一样去河对岸提水。那里有一眼泉水，在森林下的沼泽边静静地涌淌着，非常清甜、干净。扒开泉眼四面覆盖的草丛，第一眼看到的是自己，然后看到泉底的砂石，最后才看到水。它更像是一汪清澈的空气。

我用带去的塑料水勺一下一下地舀水，打满一桶后，就把勺子放在泉眼边一块大石头上。四处跑着玩去了。

后来我爬上一处高地，回头看时，下面远处的沼泽上也有一个人提着桶慢慢向泉水边走去。我继续往山上爬，这时听到隐约有人在后面喊。回过头来，看到那个提水的人高高挥舞着我的红色水勺，大声对我说着什么。估计想借用一下吧？于是随便答应了一声，转身进了林子。过了一会儿，又跑出来看时，泉边已经没了人，我鲜艳的红色塑料水桶也没有了。

我连忙跑下去，看到借我水勺的那个女孩正一手提一只沉甸甸的桶往前走着。我喊着追了上去，这时她已经开始走上狭长的独木桥了。因为刚下过雨，那个独木桥圆滚滚、滑溜溜的，可她一手一桶满悠悠的水，很稳当地就过去了。一直走到草场尽头时，才放下我的桶，回头向我招招手，然后向对面山坡上的一顶毡房遥远地走去。而另一个方向的不远处就是我家。她可能认识我吧？否则怎么会知道我家就在那边？这片草场上有好几家汉族人的。

这事还是后来古贝告诉我的，要不然到现在恐怕我还不知道她就是她呢！

还有一次愉快的见面。那次我徒步去另一条山沟找人，找我妈。我妈一大早就出门了，说是到谁谁谁家喝茶，可是快中午了还没回来。我便让外婆在家守着店，自己出门去找她。那一带毡房不多，稀稀拉拉分布在山的阳面。一家一家地问过去，终于问到一个人，说在后山的瓦达家见过她。可真能跑的！

我估计她是穿过山顶的森林直接翻过后山的。但我一个人不敢进又黑又潮湿的森林，便从山脚远远地绕着走。路很远，四周很静，路上一个人也没有。过了一会儿，很疾的马蹄声渐渐从身后响了起来。不知为什么有些害怕，连忙躲到路边的岩石后面。直到看清过来的是三个年轻姑娘时，才出来继续向前走。三个姑娘在马背上大声说笑着，策马急鞭，像是在赛马，又像是在追逐嬉戏，很快就赶上了我。我让到路边，看着她们过去。后来她们却渐渐放慢速度，不时回头看我，指指点点，议论着什么。这时，其中一个掉转马头，小跑回来，勒马横在我面前，像开玩笑似的说了几句什么。我听见其中有"裁缝"这个词，想到她可能认识我，便微笑着点了头。然后她拍拍自己马鞍子后面的地方。我大喜，连忙跑上去，拽着马鞍子和她的衣服迅速爬到马背上端坐着。这使所有人都大笑起来，令我不知所措。她们中有人问我到哪里去，我忙说去山后的瓦达家。她们又笑了起来，好像那是个多么可笑的笑话似的。我也问她们到哪里去，她们听了又没完没了地冲我笑……真不知道怎么就那么爱笑！我也只好也跟着笑……马越跑越快，颠得我快坐不住了，就闭上了眼睛，紧抱着前面姑娘的腰。后来马慢了下来，我抬头一看，前面河对岸平缓而青翠的草坡上栖着三两顶白色毡房。到地方了。我再三道谢，这令她们更是笑得花枝招展。她们其中一个就是古贝。

也许不止这三次吧。后来经她一说，我又觉得自己所见过的所有哈萨克女孩都像是她一样——都是那么的快乐，热情，又好像很寂寞似的。她们都眼睛明亮，面孔发光。她们戴着同样的满月形状的银耳环，手持精致的小马鞭。我想看看她们的马鞭。但我说出这个请求后，令她们笑了很久，其中一个伸手把马鞭递了过来。

在荒野中睡觉

在库委,我每天都会花大把大把的时间用来睡觉——不睡觉的话还能干什么呢?躺在干爽碧绿的草地上,老睁着眼睛盯着上面蓝天的话,久了会很炫目很疲惫的。而世界永远不变。

再说,这山野里,能睡觉的地方实在太多了。随便找处平坦的草地一躺,身子陷入大地,舒服得要死。睡过一整个夏天也不会有人来打扰你。除非寒冷,除非雨。

寒冷是一点一滴到来的,而雨则是猛然间降临。每当我露天睡觉时,总会用外套蒙住脑袋和上半身,于是,下雨时,往往裤腿湿了大半截,人才迷迷糊糊地惊醒。醒后,起身迷迷糊糊往前走几步,走到没雨的地方躺下接着蒙头大睡。我们山里的雨,总是只有一朵孤零零的云冲着一小片孤零零的空地在下,很无聊似的。

其他的云,则像是高兴了才下雨,不高兴了就不下。

更有一些时候，天上没云，雨也在下。——天上明明晴空万里，可的确有雨在一把一把地挥洒。真想不通啊……没有云怎么会下雨呢？雨从哪儿来的？这荒野真是不讲道理。但慢慢地，这荒野又会让你觉得自己曾努力去明白的那些道理也许才是真正没道理的。

寒冷也与云有关。当一朵云飘过来的时候，挡住某片大地上的阳光，于是那一带就给阴着了，凉飕飕地窜着冷气。

有时候寒冷也与时间有关。时间到了，太阳西斜，把对面大山的阴影推到近旁，一寸一寸地罩过来，于是气温就迅速降下来。

我在山坡上拖着长长的步子慢吞吞地走，走着走着就不由自主开始寻找睡觉的地方。那样的地方，除了要平坦干燥外，还得抬头观察一番上面的天空，看看离这里最近的一片云在哪里。再测一下风向，估计半小时之内这块云不会遮过来，才放心躺下。

那样的睡眠，是不会有梦的。只是睡，只是睡，只是什么也不想地进入深深的感觉之中……直到睡醒了，才能意识到自己刚才真的睡着了。

有时睡着睡着，心有所动，突然睁开眼睛，看到上方天空的浓烈蓝色中，均匀地分布着一小片一小片鱼鳞般整整齐齐的白云——从南到北，从东到西，像是用滚筒印染的方法印上去似的。那些云，大小相似，形状也几乎一致，都很薄，很淡，满天都是……这样的云，哪能简单地说它们是"停"在天空的，而是"吻"在天空的呀！它们一定有着更为深情的内容。我知道这是风的作品。我想象着风，如何在自己不可触及、不可想象的高处，宽广地呼啸着，带着巨大的狂喜，一泻千里。一路上，遭遇这场风的云们，来不及"啊"地惊叫一声就被打散，来不及追随那风再多奔腾一程，就被抛弃。最后，这些破碎的云们被风的尾势平稳悠长地抚过……我所看到的这些云，是正在喘息的云，是仍处在激动之中的云。这些云没有自己的命运，但是多么幸福……那样的云啊，让人睁开眼睛就猛然看到了，一朵一朵整齐地排列在天空中，说："已经结束了……"——让人觉得就在自己刚刚睡过去的那一小会儿的时间里，世界刚发生过奇迹。

没有风的天空，有时会同时停泊着两种不同的云。一种如雾气一般，又轻又薄，宽宽广广地笼罩住大半个天空，使天空明亮的湛蓝成为柔和的粉蓝。这种云的位置较高一些。还有一种，要低许多，低得快要掉下来似的。这种云是我们常见的一团一团的那种，似乎有着很瓷实的质地，还有着耀眼的白。——真的，没有一种白能够像云的白那样白，耀眼地，眩目地白。看过云的白之后，目光再停留在其他事物上，眼前仍会晃动着那样的白。云的白不是简单的颜色的白，而是魂魄的白。

我想，最最开始，当这个世界上还没有白色的时候，云就已经在白了吧？

更多的时候，云总是在天空飞快地移动。如果抬头只看一眼的话，当然是什么也看不出的，只觉得那些云是多么的安静甜蜜。但长久冲着整面天空注目的话，慢慢地，会惊觉自己也被挟卷进了一场从天到地的巨大移动中——那样的移动，是整体的、全面的、强大的。风从一个方向刮往另一个方向，在这个大走向之中，万物都被恢宏地统一进了同一场巨大的倾斜……尤其是云，尤其是那么多的云，在上方均匀有力地朝同一个方向头也不回地赶去。——云在天空，在浩荡漫长的大风中强烈移动的时候，用"飘"这个词是多么的不准确啊！这种移动是富于莫大力量的移动，就像时间的移动一般深重广浩，无可抗拒……看看吧：整面天空，全都是到来，全都是消逝……

看着看着，渐渐疲惫了，渐渐入睡……

说了这么多的云，是因为在山野里睡觉，面孔朝天，看得最多的就是云，睁开眼睛就是云。当然，有时候也没有云，晴空朗朗，一碧万顷。但是没有云的天空，刚刚醒来时是不能猛然睁眼直视的。必须得半眯着眼睛,被那天空的极度明净刺激得流出眼泪后,才能在泪光中看清它的蓝色和它的清宁。看着看着,云便在视野中渐渐形成了,质地越来越浓厚……不知是不是幻觉,于是闭上眼睛又沉沉睡去……

在库委的夏牧场上,我总是没有很多的事情可干。我们家四个人,四个都是裁缝(我,我妈,还有我妈的两个徒弟。那时外婆寄住在县城的熟人家),有点活也轮不到我来做。但是像我这样什么活也不干的人,又总是被看不顺眼。只好天天在外面晃,饿了才回家一趟。

河对岸北面的山坡高而缓,绿茸茸的,有一小片树林寂静地栖在半坡上。顺着那儿一直爬到坡顶的话,会发现坡顶上又连着一个坡。继续往上爬的话,在尽头又会面对另一面更高的坡体……如巨大的台阶一般,没完没了地一级一级隆起在大地上。当然,在山谷底端是看不到这些的,我们住的木头房子离山脚太近。

我曾经一个坡接一个坡地爬到过最高处。站在顶峰上回头看,视野开阔空旷,群山起伏动荡,风很大很大。

在那个山顶的另一端,全是浓密阴暗的老林子。与之相比,我以前见过的那些所谓的森林顶多只能算是成片的树林而已。眼下的林子里潮湿阴暗，遍布厚实的青苔，松木都很粗壮，到处横七竖八堆满了腐朽的倒木。我站在林子边朝里看了看，一个人还真不敢进去。于是离开山顶，朝下方走了一会儿，绕过山顶和这片黑林子转到了另一面。大出意料的是，如此高的大山，山的另一面居然只是一处垂直不过十几米的缓坡。草地碧绿厚实，底端连着一条没有水流的山谷，对面又是一座更高的浑圆的山坡。山谷里艳艳地开着红色和粉红色的花。而在山脚下我们的木头房子那儿，大都只开白白黄黄的浅色碎花。当然，虞美人也有红色的，摇晃着细长柔美的茎，充满暗示地闪烁在河边草地上；森林边阴凉之处的野牡丹也是深红色的，大朵大朵簇拥在枝头。——但若和眼前山谷中河流般遍布的红色花相比，它们的红，显得是那样单薄孤独。

　　站在缓坡中央，站在深埋过膝盖的草丛里，越过视野下方那片红花王国，朝山谷对面的碧绿山坡遥望，那里静静地停着一座白色毡房。在视野左方，积雪的山峰闪闪发光。

　　那天，我裹紧衣服，找一处草薄一点瓷实一点的地方，遥遥冲着对面那座毡房睡了小半天。中途转醒过来好几次，但都没法彻底清醒。仿佛这个地方有什么东西牵绊住了我的睡眠。直到下午天气转凉了，才冻得清醒过来，急急忙忙翻山往家赶。

经常睡觉的地方是北面山坡的半山腰处。在那里，草地中孤独地栖着一块大大的白石头，形状像个沙发一样，平平的，还有靠背的地方。当然，没有沙发那么舒服，往往睡上一会儿半边身子就麻了。若那时还贪恋那会儿正睡得舒服，懒得翻身的话，再过一会儿，两条腿就会失去知觉。于是等醒来时，稍微动弹一下，就会有钻心的疼痛从脚尖一路缓缓攀升到腰间，疼得碰都不敢碰。只好半坐着，用手撑着身子，慢慢地熬到它自个儿缓过来。

那一带山坡地势比较平缓，有时候会有羊群经过（从山下往上看，会看到整面山体上平行排列着无数条纤细的、优美柔缓的羊道），烟尘腾起，咩叫连天。遇到那样的时刻，我只好在羊群移动的海洋中撑着身子坐起来，耐心地等它们全过完了才躺回石头上接着睡。而赶羊的男人则慢悠悠地玩着鞭子，勒着马，不紧不慢跟在羊群最后面来回横走，冲我笑着，吆喝着，还唱起了歌。

——我才懒得理他呢！明明看到这边睡得有人，还故意把羊往这边赶。

在那块石头上睡啊睡啊，睡着睡着睁开眼睛，方才隐约的梦境与对面山坡上的风景刹那间重叠了一下。紧接着，山上的风景猛地清澈了——梦被它吮吸去了。于是对面山上的风景便比我睡醒之前所看到的更明亮生动了一些。

　　狠盯对面山坡看好一会儿，才会清醒。清醒了以后，才会有力气。有了力气才能回家。否则的话，我那点儿力量只够用来睡觉的。只够用来做一些事后怎么也记不起来的梦。没办法，整天只知道睡觉，睡觉，睡得一天到晚浑身发软，踩缝纫机都踩不动了。每踩两下，就停下来唉声叹气一番。那时，他们就知道我又想溜了。但那会儿还没到溜的时候呢。我老老实实踩了一阵子缝纫机，然后开始做手工的活，然后找根缝衣针穿线，然后捏着针半天也穿不进去线，然后就到外面阳光下去穿，然后在阳光下迅速穿针引线，连针带线往衣襟上一别——这才是溜的时候。

我们的家

我们第一次随转场的牧民来到沙依横布拉克夏牧场的那一年，刚刚一下车，就对这里不抱信心了。那时，这里一片沼泽，潮湿泥泞，草极深。一家人也没有，只有河对面远远的山坡上驻着两三顶毡房。在卸货之前，我们想找出一块塑料布垫到沼泽上再卸，但一时半会儿又找不到，估计给压在那车货的最下面了。而司机又在一个劲儿地催，只好直接把一箱又一箱的食品、百货卸在泥泞的草地上。当卸到被褥铺盖时，阴沉沉的天下起了雨，被子很快就湿了一层。我八十八岁的外婆披着大衣，拄着拐棍，在一边急得想哭，但是一点儿忙也帮不上。后来天快黑了，司机想早早卸了货好早早地回去，就更加潦草地帮我们往那片积着水的草地上堆货。卸完之后，那人水也不喝一口，直接开着车回去了。

我们一家三口三个女人就这样被扔在暮色中的荒野沼

泽中。

好不容易翻出一面棚布把淋在雨中的商品和被褥遮盖了起来。准备做饭时，却又找不着火柴了。于是又掀开棚布在那堆货物里翻天翻地地找。找着火柴后，却又找不到一块干燥的地方生火做饭。天又冷，下了一阵雨又开始下冰雹，最后又下起雪来……天黑透了，柴禾也拾不到几根——那样的时刻，没法不教人绝望。

我们三个人在棚布下和一堆商品挤了一个晚上。第二天，我妈站在路边拦车，等了很久，好容易拦到了一辆去附近的伐木点拉木头的卡车。在司机的帮助下，我们从林子里拖了几根碗口粗的倒木回来。那个好心的司机又帮着我们将其栽在沼泽里较为平坦的一处，并搭成了架子。然后我们把一大面棚布和一些碎塑料布搭在架子上，撑起了一个帐篷。终于，我们在沙依横布拉克牧场有了栖身之地。

那一年，来沙依横布拉克的生意人少得可怜，驻扎在这片牧场上的牧民也没有几家。因为那一年刚好要举行一场七年一度的大型弹唱会，据说很多人家因此都往开弹唱会的那条沟靠拢了。

那一年，雨水出奇的多。连续两个月的时间里，几乎每天都会下一场雨。其中最大的一场雨没日没夜地，绵绵下了一个多星期，中间几乎没停过一分钟。河水暴涨，道路冲断。

直到八月份，天气才慢慢地缓和过来。草地上干了一些，但那时又开始刮风。几乎每天下午都刮得昏天暗地，把我们家方方正正的帐篷吹得跟降落伞似的，整天圆鼓鼓的。有一天夜里，正睡得香呢，突然一阵急雨打在脸上被子上，原来我们可怜的帐篷顶给风雨掀掉了，于是我们全家人半夜爬起来跑出去追屋顶。

在那样的地方、那样的帐篷里生活（到处都歪歪斜斜的，这里撑一根棍子，那里牵一根绳子。一看就知道这个家里没有男人，搭房子的人一把劲也没有），漏雨是常有的事，也是必须得从容面对的。我们从来就不曾指望过这个小棚能够风雨不动安如山。最大的麻烦则是用来接雨的器具总是不够，所以那一段时间我妈天天都在后悔当初应该多批发点碗来卖。

好在我们都是聪明人，很快就想出好办法来：用绳子把一只又一只零零碎碎的塑料袋子挂在顶篷下面，哪里漏就对准哪里挂上一只袋子，等那只袋子里的水都接满了，溢出来了，于是又在溢出来的地方再挂一只塑料袋。如此反复，直到把那些水一级一级，一串一串地引到帐篷外面为止。虽然这种到处悬满明晃晃、鼓胀胀的塑料袋子，到处都在有条不紊地流着无数支小瀑布的情景（像水电站似的）乍一眼看去很吓人，会让每一个进来的顾客先吃一惊再买东西。但真的太管用，太方便了。

不像河那边木合斯家的商店，他们家也漏雨，但他们用了一堆小盆小罐什么的摆在地面上接水，接满后再不辞辛苦地把盆盆罐罐一只一只往外倒。麻烦倒也罢了，更麻烦的是，有顾客进来的时候，很难保证不会一脚踢翻一只摆在门边的罐子。并且来人很难保证不会因此吓一大跳并在跳的时候不会踢翻另一只，另一只再碰倒另一只……到最后，骨牌一样，整个房间里接水的罐儿非得全军覆没不可。再加上一片乱糟糟的"胡大！"声……这日子，真是没法过了。

回过头来说我们的办法——其实也不是万无一失的。有一次，一个鼓鼓胀胀的塑料袋子不知怎么的突然裂开了，而我碰巧正站在那个袋子的正下方微笑着面对顾客……

还有一些寒冷的夜里，每当帐篷顶篷又被风撕裂了一道缝（我家帐篷的顶篷是那种五彩的编织面料的塑料棚布，很薄，太阳晒久了就会变硬、变脆，所以很容易就给椽木上没砍干净的树枝茬口戳出小洞来。而这些小洞又很容易顺着棚布的竖丝被风吹成大洞），雨水一串串淌了下来。我们嫌麻烦，死活也舍不得离开热被窝起来收拾它。牵塑料袋又太麻烦了，天又那么黑，伸手不见五指。于是就摸索着,在床板下取出早就准备好的一堆塑料袋子,左一块右一块拼凑着蒙在被子上——只要水不落到身上,管它落到哪里。天亮了再说吧。

那样的时候我总是在想:幸好还有塑料袋子呀,要不然的话今夜怎么过……幸好塑料袋子是一种不透水的东西。——这样看来,就觉得塑料实在太神奇了!平时为什么就没有注意到这一点呢?它和这山野里任何一种天然生成的事物是多么的不同啊,它居然可以遮雨……它是一种雨水穿不透的事物,它不愿融入万物,它总是在抵挡着,抗拒着的。又想到那些过去年代的人们,他们没有塑料袋子又该怎么生活呢?他们完全坦曝在这个世界中,完全接受这个世界,就一定比我们更加畏惧世界吧?有关这个世界的秘密内容,他们一定比我们知道得更多。

下雨的时候,我们哪儿也去不了。好在下雨的时候,哪儿也不用去。最主要的是,不用出去挑水了,天上的雨水就是最好的水。雨在最大的时候,几分钟就可以接满明晃晃的一大桶……

那样的时候,从天到地全是水,铺天盖地地倾倒,几步之外就不能见人了。真是无论在哪儿也没见过这么大的雨啊!整个世界似乎只剩下以我们家的这个小棚为中心、半径三四米那么大的一团……白天好像黑夜,当然不至于黑到点灯的程度，但那样的阴沉狭窄，那样的寒冷，是只有黑夜才能带给人的感觉呀……

雨小一点的时候，我们才可以看到更远一些的地方。可以看到朦胧的山，高处黑压压的森林，还有不远处浑浊汹涌的河——它陡然高涨，水漫上河岸，一片一片向草地上漾开，使那河流看起来宽了十多米似的。近处的草也全浸在水里，与沼泽连成了一片。

就在那时，帐篷门帘突然被掀开，闪进来一个人。他穿得又厚又笨，还套着很旧的、已经破了好几处的军用雨衣。他一进来就放下马鞭，从大口袋里掏出毛巾擦脸擦脖子，然后摘掉帽子，斜着抖动，倾倒出明晃晃的水。我们迎面感觉到他浑身的厚重的寒气，于是赶紧把热乎乎的煮鸡蛋介绍给他——这是我们最隆重的商品之一——我家的鸡也带进了牧场。他大喜，连忙掏出五毛钱放在柜台上，剥一颗吃了。吃完后，想了想，又慎重地掏出五毛钱，再剥了一颗。

他买了二十公斤喂牲口的黑盐，又买了方糖、茶叶、袜子之类一大堆零零碎碎的生活用品，还买了两双孩子的雨靴。

最后他数了数剩下的钱，又买了几颗熟鸡蛋，小心地揣在怀里。一定是给家人捎回去的。

他把这些物品小心地装进羊毛褡裢里，排得紧紧的，褡裢两边的重量都分均匀了，再用自己带来的一只厚麻袋把盐打好包，然后把褡裢往肩上一扛，拎上盐袋子，准备出发。我们连忙劝他坐一会儿再走，说不定过一会雨势就小了。于是他又坐了一会儿，但也只是一小会儿。他说雨太大了，如果一直不停的话，等天黑透了就什么也看不到了，他的马不能赶夜路。于是还是走了。我们站在门口，一直看着他冒着雨把盐袋在马鞍后绑结实了，又把褡裢挂好，取件旧外套盖一盖，然后翻身上马，很快消失进了我们看不到的雨幕深处。

然而过不了多久，雨就停了。沉暗混沌的世界终于在阴云密布的天空下水落石出般清晰起来。虽然已是傍晚，但天色反而比白天时亮了许多，就像是今天的第二场天亮一般。我们都想到，这会儿归途上的那个牧人，一定勒了缰绳，放慢了速度。同时会松开沉重的雨衣，抬头舒畅地望一下天空……

接着是风。雨季绵延了近两个月，七月底，终于全部的雨都下得干干净净。天空猛地放了晴，世界温暖，草原明亮。河水总算浅了下去，清了起来。草地也清爽了许多。我们又开始天天到河边打水，踩着青草很悠闲地晃荡着去，再踩着青草一口气急步拎回家。一路上不停地和邻居们打招呼，每一个人的眼睛都是新鲜喜悦的。

但是风来了。

风总在下午刮起来。而上午——几乎每一天的上午，万里无云，世界坦坦荡荡，太过平静，仿佛永远也不会有风。

而风起的时候，又总让人觉得世界其实本来如此——世界本来就应该有这样的大风。我在半山腰往下看，再抬头往高处看。我看到全世界都是一场透明的倾斜，全世界都在倾向风去的方向。我的头发也往那边飘扬，我的心在原地挣扎，也充满了想要过去的渴望。

森林朝那边起伏，河朝那边流。还可以想象到森林里的每一棵枝子、每一根针叶都朝着那边指；河里的每一尾鱼，都头朝那边，在激流中深深地静止。

风通过沙依横布拉克，像是沙依横布拉克急剧地在世间奔驰。

我总是会在有风的时候想没风时候的情景——天上的云一缕一缕的，是飘动的。而此时，那云却是一道一道的，流逝一般飞快地移动。

草原鼓胀着力量，草原上的每一株草都在风中，顺着风势迅速生长。

还有我的家，我看到我们那片帐篷区里的每一顶毡房都在颤抖，每一座帐篷都鼓得圆圆的，随时准备拔地而起。那地底深处被我们埋下的撑起帐篷的桩子，它也没能躲过风。它在深处，丈量着风的无可丈量。并且只有它丈量出来了，它被连根拔起……我远远地看到我们家的顶篷又一次被掀开，又有一大块塑料布给吹走了，我妈和我外婆在风中一前一后地追赶。

我看到我家鸡圈上到处系着的、罩着的五颜六色的包装袋、碎布条还有塑料纸什么的，呼啦啦地剧烈晃动，有的会突然冲天而起，逐风狂奔而去。

风还把遥远地方的雨吹来了。突然洒一阵雨点过来，几秒钟后又突然只剩下风干净地吹。

风在每个下午如期而至，到了傍晚才缓和一些。一直到夜里才会渐渐宁静下来。直到更为平静温和的清晨。

但是，有一些深夜里也会刮风。比起白天的风，夜里的风内容更黑暗，更拥挤，更焦虑。我们什么也看不到，各自黑黑地裹在各自的被窝里，不知道此时只是正在刮风，还是世界的最后时刻正在到来。

风夹着碎雨不时地从帐篷裂开的缝隙里灌进来，我们唯一能做到的只有在那一处扯开一条床单进行阻挡。我们紧裹棉被，蜷在那面床单下的黑暗中，深深地闭上眼睛。

这风雨之夜，只有身边躺着的那人最为宁静。仔细地听了又听，她都没有一点动静。

一股股碎风从上方床单后卷着旋儿刮进来，吹进一阵细密的、蒙蒙的水汽。于是总有一团潮湿，凉乎乎地罩在枕头上方，睡到后来，脸庞都湿润了，不用摸也知道摸起来肯定黏糊糊的。

半夜里的风刮着刮着，突然间会猛地暴躁起来——似乎这样的风突然不能明白自己在做些什么了！似乎这样的风刮到最后，突然发现自己什么也没能找到……到了后半夜，帐篷一阵急剧的抖动，风开始不分东南西北地乱吹乱刮，先是从上往下吹，再从下往上吹。我们的帐篷顶篷不时猛地鼓胀起来，要鼓破似的（实际上已经由此鼓破很多次了），又突然像是被巨人时空之口狠狠吸吮了一下，"吧！"地发出巨大的声响，沉重地塌下来，紧贴在橡木上。

撑起帐篷的桩子、柱子、橡木……到处都在嘎吱嘎吱乱响，货架晃来晃去。每一阵篷布被风猛烈掀动的"哗啦"声，都紧贴耳膜，逼进心底。并且，这样的响动越来越密集，声势越来越浩大……我裹着被子坐起来，大声地喊出声："妈妈——怎么了？！"

——几乎就在同时，风猛地一下子就熄灭了！风听到我说话了！我们全部静下来，不知为什么而害怕。世界也静下来，风停了，帐篷被撼动时的余颤还在兀自进行，并沿着远一些的地方有一阵没一阵的消失。风真的停了。河流和森林的轰鸣声平稳清晰地遥遥传来。风做梦一样地停了。虽然帐篷的篷布还在喘息似地轻轻抖动。风停了。我感觉到我妈也在黑暗中的另一个角落坐了起来。但她什么也没有说。过了很久，在帐篷的另一边，我外婆清晰地说：

"你们听——"

我们仔细地听，一种声音越来越大，越来越近，越来越密。那不是风。我们像是失忆了一般，刹那间不能进行辨别。头顶的篷布上有一道不久前被风吹裂的缝隙，正大大地敞着。虽然四下漆黑，我们看不到那道缝，但可以清楚地感觉到有一种不像是风的风，正冰凉地、缓慢地、悠长地，从那一处长驱直入。

直到最后，有一滴很大的水落到了脸上……原来下雨了。

更多的夜里没有雨，也没有风。空气漆黑平静。那种黑——闭上眼睛那样黑，睁开眼睛也那样黑。半夜一觉醒来，黑得根本分不清上下左右。并且半夜里醒来的时候，总是纠缠在醒之前的梦境之中——当混乱的梦中情景一遇上如此深沉厚重的黑暗，就会瞬间迸发出声响啊颜色啊等具体的感觉。然后倏地兀然消失，让你一无所有地面对黑暗，什么也不能明白过来。然后翻个身再一头栽进刚才的梦里，睡死过去。于是到了第二天早上，在白天的明亮中醒来时，总是会发现自己正卷着被子，横在床底下，而脑袋扎在一蓬青草丛中。草丛上还淡淡开放着一些小花，近近地，惊奇地看着你。

有时候半夜起床——半夜真不想起床呀！那么冷，而被窝里热乎乎的，那么舒服。但是必须得起来（半夜起来嘛，当然是为了……）。

身子一离开热被窝，就完全进入寒冷之中。哪怕是夏天，到了夜里温度也会降到零摄氏度左右。地上的青草冻得硬邦邦的，挂满了冰霜，踩在上面"咔嚓咔嚓"地响。

比起帐篷里面，在帐篷外稍微能看清一点周围的情景。但也是一团沉暗的。或者说，那样的"看"根本就不能算是看，顶多只能算是一种感觉而已——能感觉到周围的情景，能感觉到周围有光。然而，抬头一看，忍不住"啊"地一声……心就静止下来了——星空清澈，像是封在冰块中一样，每一颗星子都尖锐地清晰着。满天的繁星更是寂静地、异样地灿烂着。而夜那么黑，那么坚硬……这样的星空，肯定是和别处的不一样。在曾经的经验里，繁华明亮的星空应该是喧哗着的呀，应该是辉煌的，满是交响乐的……

注视着这样的星空，时间久了，再把目光投回星空下的黑暗中，黑暗便更黑更坚硬了。本来至少还可以分辨帐篷里外之别的，现在则完全一团糟。

最美好的时光是清晨。天色微明的时候，我们总是会在光线中稍稍醒来一下，然后再次安心地睡过去——因为总算确认了世界仍是如此的，它到底还是没有把我们怎么样呀。

直到太阳完全出来了，清晰冷清的空气里有了金色和温暖的内容，远远听到帐篷区那边有人走动和说话的声音（——太好了，在夜里的时候，总是会觉得此时此刻世上除了我们，就再也没有别的人了……），才舒舒服服地裹着被子坐起来，再舒舒服服坐一会儿，想一会儿。然后才迅速掀开被子穿衣套裤子。清晨很冷的。

有时候会想，要是肚子永远不饿的话，我们肯定会在被窝里呆一辈子的。虽然我们不辞辛苦地在这片草甸上搭起了房子，但最后真正栖身的，却只有被窝（没出息……）。

有时候还会想：今后我们还会住进其他各种各样的房子里的。但是，无论醒在哪一处地方，醒在什么样的夜晚之后，那里那个笼罩我们和我们的被窝的东西，都永远不会比一面帐篷、一张塑料纸更为牢固了。

通往一家人去的路

有时候我会扔下杂货店跑出去满山遍野地玩,来店里买东西的人就只好坐在我家帐篷里耐心等待,顺便替我守着店。有人来买东西的话,他就告诉对方:"人不在。"有时候他实在等急了,就出去满山遍野地找我。

而有的时候呢,我在帐篷里耗一整天,也没有一个人来买东西,连把头伸进帐篷看一眼的人也没有。害我白白浪费了本该出去玩的大好时光。

天天守在帐篷里,坐在一堆商品中间。世界就在这堆商品对面,满目的葱茏鲜艳,那么真实……而我心中种种想法明明灭灭、恍惚闪烁着。使得我浑身都虚淡了、稀薄了似的,飘摇不止。而世界那么真实……世界真实地、居高临下地逼压过来,触着我时,又像什么也不曾触着。

天天出去玩,奔跑一阵,停下来回头张望一阵。世界为什么这么大?站在山顶上往下看,整条河谷开阔通达,河流一束一束地闪着光,在河谷最深处密集地流淌。草原是绿的,沼泽是更绿一些的绿,高处的森林则是蓝一样的绿。我爱绿色。为什么我就不能是绿色的呢?我有浅色的皮肤和黑色的头发,我穿着鲜艳的衣服。当我呈现在世界上时,为什么却不能像绿那样……不能像绿那样绿呢?我会跑、会跳,会唱出歌来,会流出眼泪,可我就是不能比绿更自由一些,不能去向比绿所能去向的更远的地方。又抬头看天空,世界为什么这么大!我在这个世界上,明明是踩在大地上的,却又像是双脚离地,悬浮在这世界的正中。

我在山顶上慢慢地走,高处总是风很大,吹得浑身空空荡荡。世界这么大……但有时又会想到一些大于世界的事情,便忍不住落泪。

羊群早已经过沙依横布拉克,去向后山边境一带了。只有很少的毡房留在了沙依横布拉克,深藏在远远近近的河谷里,一个比一个孤独。毡房里面更为孤独宁静地生活着老人、妇女和孩子。我们店里的生意也一天淡似一天,只等着九月初迎接羊群和牧人们从后山返回。

牧草渐渐挑出了青紫的颜色,那是草穗在渐渐地成熟。一天沉似一天的草原,孕育着无穷无尽的种子,开始启程去向第二年。我们也即将启程离开这里。我站在高高的山顶上，迫近一朵白云，对更远的地方望了又望。回过头来看到我们即将沿之离去的道路陷落在草野之中，空空荡荡，像干涸的河床一样饥渴。越过这条路看向更远些的地方，是另一条更为孤独的路，痕迹浅淡，时而通畅，时而消失，蜿蜒着通向一处只有一家人住着的地方。那一家人的毡房和四周的栏杆像是下一分钟就会消失似的静止在路的尽头。

我曾去向那里。那路上的泥土中只印着一串马蹄印。那么我是仅次于时间和那匹马而踏上那条路的人。走在路上的每一分钟，都想停下脚步，去往路边茂密的草丛中，深深躺倒、睡去。这样的季节总是那么安静，风声只在高处，风的猛烈也只在高处。而近处的事物总是倾向于风的反方向的一些感觉。但是阳光无处不在。阳光经过风时带来了风——它像经过迷宫一般经过风，经过那些在上空狂乱地呼啸着的风。等阳光完全通过了风，艰难地抵达我时，已失去了平静。它眩晕地，犹带激情一般熠熠闪耀，在空气中颤动。站在这样的阳光里，手指给照耀得闪闪发光，裙子下裸露的双腿也闪闪发光。但是四周一片沉静。仰着脸往上看，眼角余光刚刚掠过斑斓大地，视觉随之被猛地震动——在视野正前方的天空，整齐而浩瀚地分布着细碎尖锐的、正在被反复撕扯着的云。

路在河边，反复地引我走向河，又反复地引我离开河。引我走过一个青翠的山坡，再走过一个相同的青翠山坡。有时候却只是引我走向孤独的一株草，它生长在河边空旷而洁白的沙滩上。但是我还没有来得及仔细地打量那株草，路又立刻把我带向森林。我走在森林里，左边开着白色的花，右边隐秘地流着山溪。突然有鸟从旁边蹿起，翅膀掠过脸庞。

沿这路走在世界正中央，青草围簇四周，像燃烧一般地持续生长。河在不远处像燃烧一般奔流，上方的天空像燃烧一般蓝啊，蓝啊。但我肉身平静。身不由己地走着……走过很远很远，任这一路的情景在视野里重重堵塞。这是一条进行堵塞的路，是一条把人引向远离一切之处的路……我不停地走，好几次都以为自己已经走过头了，早已把那一家人抛弃在后面了……不停地走，却每一分钟都想在路边茂密的草丛中深深躺倒，深深睡去。

走着走着就突然得知：尽头那一家人，住着已经无法离开的一个人，终生都在等待着的人。

有人却在我家帐篷里等我。在等我的漫长时间里，他独自面对琳琅满目的寂寞商品，想着自己的心事。后来当我终于回家,当我掀开帐篷门帘时,看到店里依旧空空荡荡,一个人也没有。满架的商品如此寂寞。

当我已经回到家了,那人还在满山遍野地找我。他耽搁在一条路上,不停地走啊走啊,被那路引得再也回不来了。或者他正推开路尽头那家人的毡房木门,大声问着:"有没有人?"……

有一天,妈妈也独自一人走上那条路。她拎着小桶,很久以后消失在路的拐弯处。等她再回来时,桶里满悠悠地盛着洁白细腻的酸奶。我嘴里喝着酸奶,心里因为不能明白与这酸奶有关的太多事情,而更清晰地感觉到了深刻的美味。

木 耳

我妈在森林里采木耳,采着采着碰到一条蛇。她给吓了一大跳,蛇也被她吓了一大跳。她拔腿就跑,蛇扭头便溜。他们俩就这样迅速消失在茫茫森林里的两个不同方向。

那一次,便成为我妈那年夏天的最后一次采木耳之行。

在阿勒泰连绵起伏的群山之中,在群山背阴面浩浩荡荡的森林里,深暗,阴潮,黏稠。森林深处,凡有生命的东西,都甘心遁身于阴影之中,安静、绝美、寂寞,携着秘密,屏着呼吸……使悬在野葡萄叶尖上的水珠能够静止几天不落,使几步之遥处传来的大棕熊奔跑的"踏踏"声一步步逼近时,会突然朝相反的方向一步步消失……

人走在这样的森林里也会渐渐地静默,迟疑——

停住脚步,倾耳聆听——

猛地一回头——

看到一条蛇……
…………

还有木耳，木耳一排一排半透明地并立在倒落的朽木上。或单独一朵，微微侧向手指粗细的一束光线投过来的地方。它们是森林里最神秘最敏感的耳朵，它总是会比你先听到什么声音，它总是会比你更多地知道些什么。

它们是半透明的，而实际上这森林里幽暗浓密，北方天空极度明亮的光线照进树林后，犹如照进了迷宫，迅速碎裂、散失、千回百折，深水中的鱼一般闪闪烁烁。那么，到底是什么令人能看出这些木耳的"半透明"呢？于是你凑近一朵木耳，仔细看，再凑近点，再仔细看……直到看见木耳皮肤一般细腻的表层物质下晃动着的水一样的物质……你明白了，你从木耳那里感觉到的光，是它自身发出的光……

——于是在森林里猛地一回头，看到一丛木耳，那感觉差不多等于看到一条蛇。

这是在森林。

我们在深山里森林边上支起个帐篷开野店，不多不少也算是为这片草场方圆百里的牧人提供了方便。但自己过起日子来却死不方便。

在此之前，我们从来不曾如此这般完全袒露在自然的注视之中。在这里，无论做什么事情，做着做着，就会不知不觉陷入某种"不着边际"之中。还有很多时候，做着做着，就会发现自己正做着的事情实在毫无意义。比如扫地吧：扫着扫着……为什么要扫地呢？这荒山野岭浑然一块的，还有什么东西能够被扫除被剔弃呢？更何况打扫的地方还长满了野花野草……

　　在这里，似乎已经不知该拿惯常所认为的生活怎么办才好了，似乎已经不指望能够有凭有据地去把握住些什么。

　　也许一旦真正投入到无限的自由之中时，得到的反而不会是什么"无限的自由"，而是缩手缩脚和无所适从吧。

　　好在这是山野。在这里，"活着"是最最简单的一件事（最难的事情则是修理我们家新砌的泥巴灶。那个烟囱老是抽不出烟，做一顿饭能把人呛半死……）。而在活着之外，其他的事情大多都是可笑的。

　　我妈很有经验地告诉我："要是我们出去找木耳的话，只能在那种刚倒下没两年、还没有腐朽、树皮还保存完好的倒木上找；而且必须是红松木，白松上是不会长木耳的。"

　　于是我立刻向她请教怎样分辨一棵树究竟是红松还是

白松："从表面上看好像都长得差不多嘛！"

她老人家想了半天，最后回答了一句废话："长了有木耳的是红松，没长木耳的是白松……"

……不管怎么样，我们还是凭着这条可疑的经验进森林了。一路上我妈一个劲地发愁，后悔用来装木耳的袋子带得太少了："才带了四个，要是拾得多了该往哪里放？"

——结果那一天，四个袋子一个也没派上用场。我们在阴暗潮湿的森林里转了半天，最后一人拖了几根柴禾回家，才不至于空手而归。

过了几天，同样进山拾木耳但却满载而归的一个汉族老头经过我们这条山谷，进我家帐篷里休息了一会儿，喝了几碗茶。

我妈就极殷勤地旁敲侧击木耳的事情："啧啧！看这大朵大朵的，稀罕死人了……老哥啊，你太厉害啦！看我们笨得，咋找也找不到！——你是咋找到的啊？哪儿有啊？"

谁知这老头儿说话死气人："哪儿都有。"

"哪儿？"

"那儿。"

"那是哪儿？"

"就是那儿。"

"到底哪个地方？！"我妈急了，"——哎呀老哥啊，就别和我小气了好不好？今天白给你烧茶了真是！"

这个死老头，不慌不忙地把东南西北统统指了一遍。

人走后，我妈死不服气地同我商量："哼，下次他要是不从这边过路也就罢了，要是再从这边过——哼，我们就远远在后面跟着……哼，我就不信……木耳又不是他家种的，哼！……"

当然，这只是气头上的话。运气不好就是不好，偷偷跟在十个老头后面也照样没用。况且，老跟在人家后面的话，只能走别人走过的地方，就算有木耳也不会有半朵给你留下。

于是我妈改为向来店里买东西的哈萨克牧人打问。他们整天放羊，这山里哪一个角落没去过？一定会知道的吧？

"摸？摸……啊？"

"不对，是木——耳。"

"马……耳？"

"对对对，就是这样：木——耳。"

汉语和哈语的发音习惯不同，他们念起"木耳"两个字时，总有半口气出不来似的，别扭的——"木，啊——耳……"

他们觉得自己的语言说起来更利索一些，而我们则觉得汉话更加清晰。我们说哈语，说着说着，舌头就跟打了蝴蝶结一样，解也解不开。说到着急的地方，更是鼻音缠着卷舌音，畸扭拐弯。舌头使唤到最后，根本就找不着了，憋死也弄不出下一个音节来。

他们的语言中也许就根本没有"木耳"这样一个词，意识里也没有这样一个词所针对的概念。我妈憆了，一时不知该怎样表述自己的意思。她想了想——她太聪明了！立刻创造出了一个新词："就是那个——'喀拉蘑菇'嘛。"

"喀拉"是黑色的意思，"蘑菇"就是蘑菇。蘑菇和木耳一样都是菌类嘛，应该可以通用的吧？加之有外地人长期在这里收购深山里的树蘑菇——羊肚子蘑菇、凤尾蘑菇、阿魏蘑菇之类（草蘑菇则沼泽里到处都是，一个个脸盆大小，成堆扎，多得连牛羊都知道挑好看的吃），所以当地人还能明白汉话的"蘑菇"为何物的。

"哦——"他们恍然大悟。

然后马上问道："那么黑蘑菇是什么？"

我妈气馁。

看样子没法说清楚的话就什么也打听不到，而要说清楚的话必须得有一个样品。但是要想有样品的话，还得出去找；去找的话又找不到，必须得向人打听；向人打听的话，没有样品又打听不清楚。如果能事先找到一朵木耳作为样品的话——那就当然知道哪里有木耳了，又何必再去打听!

真麻烦,真复杂。看来当一件事情"暂无眉目"的时候,根本就与"永无眉目"是一样的……

但是有一天,我妈吃过中午饭后,进入了峡谷北边山阴面的那片黑林子。

我站在帐篷门口一直目送她的身影远去,渐渐走得又细又小,却始终非常清晰,直到清晰地从草地的碧绿色消失进高处森林的蓝绿色中为止。像一枚针,尖锐地消失了,消失后仍然还那样尖锐。

那一天她回来得很晚,晚霞层层堆积在西方视野的中下方,她的身影在金色的草地上被拉到无限长时,又渐渐被西面大山覆扫过来的阴影湮没。她微笑着走到近处,头发乱糟糟的,向我伸出手来——粗糙的手心里小心地捏着一撮鲜红的、豌豆大小的野草莓。

另一只手持着一根小树枝。

我看到枝梢上凝结着指头大的一小团褐色的、嫩嫩软软的小东西。像是一种活的、能蠕动的小动物,像个混混沌沌、懵懂未开的小妖怪。那就是木耳。

至此,我们的采木耳生涯总算是发现了第一根小线头。从此源源不断地扯出来一些线索,沿着木耳的痕迹一路深入行进，渐渐地摸索进了这深山中最隐蔽的一些角落。

而之前那些同样在深山老林里的生活，回头再想来，不过是抱着一段浮木在这山野的汪洋中来回漂移而已。

我妈去拾木耳的时候总是不愿意带我去，任我拼命哀求也没用。她老嫌我拖她后腿，因为我一路上总是不停地和她说话，害她只顾着听，而忘了注意四周的情形。还有，我总和她寸步不离地走，在她已经找过的地方装模作样地继续找——肯定不会再有得找了嘛！

反正，她总觉得我跟她出去只为了玩，真冤枉啊……

我真渴望同她一起出去……每当我一整天一整天孤独地坐在帐篷里的缝纫机前等她回家，总是忍不住想起那些幽暗寂静的密林——里面深深地绿着，绿着……那样的绿，是瞳孔凝聚得细小精锐的绿。无论移动其中，还是静止下来，那绿的目光的焦距总是准确地投在我们身体上的精确一点——我们呼吸的正中心……那绿，绿得有着最最浓烈的生命一般，绿得有着液体才有的质地。

最绿的绿，是阴影的绿。阴影冰冷地沉在大地上，四处是深厚浓黏的苔藓，苔藓下是一层又一层的，铺积了千百万年的落叶。走在森林里，像是悬空走在森林里一般，每一步踩下去，脚心都清晰地感触着细腻而深邃的弹性。大地忽闪忽闪，动荡不已。于是走在森林里，又像是挣扎在森林里……我摔了一跤。我扶住旁边的树木，却又分明感觉到那树木向后挪动了一下。我扶空了，又跌了一跤。我趴在地上抬头往上看，蓝天破碎而细腻。这时看到的天空是清的、轻的。而森林，这森林中的每一片叶子都是沉重深暗的，每一片叶子都深不可测，似乎每一片叶子都能够陷进另一片完整的森林……还有松树的针叶，尖锐清晰地扎着，每一根针尖都抵在一处疼痛上面。整个森林的通彻安静就是它永无止境的敏感。

我们在林子里走，我一步也不敢和妈妈稍离。心里却总有些急不可耐的什么，远远地越过我跑到前面去了，再回过头来催我，迫近地一声声喊我："快点！快点！"……我却在一声声喊："妈！妈妈！"我一步都不敢乱走，全身的自由只在我指尖上的一点——我伸出这指头，它所触到的东西一下子从远处逼到近处；我收回指头，那些事物又一下子退回到无比遥远的地方。我又大声地喊着"妈妈"。有时她回答的声音穿过千万重枝叶，中间经过好几场迷途，才终于找到我。有时候却是长久的风声。我听了又听，找了又找，喊了又喊。突然回过头，看到她正在离我几步远的地方看着我。

木耳和蛇一样——隐蔽，阴暗，有生命，有可能会伤人，本来与我们无关。而森林由无穷多的这样的事物组成，那么森林本身也是如此吧？森林之于我们，真是一种最为彻底的陌生呀！它满载成千上万年的事物，爆发一般猛烈地横陈在我们几十年的寿命面前……我们不但时间不够，我们连想象力也不够啊……我们的"有限"是一种多么没有希望的有限。然而，这又是多么公平的事情。即便是我们个人的不甘心，也因为有可能会从这些不甘心的尖锐之处迸发出奇迹，并且有可能因之洞悉些什么，而同样圆满地嵌入无边无际的平静和谐之中。

但此时木耳生长在那里，只作为我们的食物以及能够使我们生活更好一些的财富生长在那里。我们翻山涉水找到它，走近它，用小刀剜下它……我们所做的一切，只是很少的一点点事情，只能满足我们自己那一点点的生活需求。这是多么可惜的事啊！当我们手握小刀，小心翼翼穿行在深暗的森林深处，那些更多的，更令人惊奇狂喜的，都被我们的刀尖从其微妙处悄悄破开，水一样分作两边，潺潺滑过我们的意识表层，我们眼睛里只剩下木耳……我们又看到前方绿意深处横卧着一棵巨大腐朽的倒木，有阳光虚弱地晃动在上面，那里可能会有木耳。我们向那里走去，却突然感觉到身后有什么轰然而来。我们没有回头。

想回头时,又感觉到它已戛然而止。

吃这种木耳之前,我们会煮很长很长的时间,还会放很多大蒜——毕竟是野生的东西,谁敢保证它就一点问题也没有?

尤其想到这深山里以前是没有木耳的,据说它们是最近几年才突然诞生的事物。就在头几年里,更多更嘈杂的人群开始规模性地深入这大山。他们每个人各自都有复杂遥远的经历,他们过于隐秘地带来了太多的新事物。木耳只是其中最微渺最意外的一种。

当菌种被秘密地从未可知的远方带到此地之前,它深陷在自己千万年的睡眠中,附着在那个四处流浪的身体某一角落,伴随那人梦游一般经历了千山万水。但是它的命运终于使它遇到了最合适的温度和湿度,还有暗度,它就醒了。紧接着,它的另一场命运又使它从那个流浪者身上轻轻落下——那时,那人正走进森林。后来他走出森林,对自己所做的一切一无所知。

当木耳诞生的时候,它看上去似乎是与一切无关地诞生的。

作为这深山里几乎从不曾有过的新物种,我猜想木耳的到来有没有引起当地牧民的惊奇和防备呢?木耳是一种多么奇怪的东西呀！黏黏糊糊地攀生在朽木之上，介于液体与固体之间：软的，无枝叶的，无绿色的，无根的，汲取着的，生长着的，扩散着的，静的，暗示着的。

这些木耳中，有些和我们平时所见的人工培育的差不多，生着肥大丰盈的耳瓣；但还有些却如同一摊黏糊糊的糨糊似的，很像内地一种叫作"地膜"的、也可以食用的菌类。

木耳突然来到这里生长，没有经历更长时间的自然选择与适应，它会不会最终是失败的？再想一想吧，在它偶然的命运里，其实也流淌着必然的河流——那些带它来到这里的人们，终究会前来的。生活在前方牵拽，命运的暗流在庞杂浩荡的人间穿梭进退，见缝插针，摸索前行。到了最后，各种各样的原因使他们不得不最终来到阿尔泰深山。于是木耳也在这强大的法则一般的洪潮中，不可避免地到来了。同时不可避免地到来的，还有全球环境变暖的趋势，恰好造就了最适合它们生长的气候环境。一切都在等待木耳。是的，木耳是"应该"的事物。假如前来的不是木耳而是其他什么不好的东西，同样也是"应该"的吧？

没有木耳的日子，像是没有声音的日子。我们寂静地做着各种各样简单的事情，愿望也简单。我们走过草地上细细长长的小路，走过独木桥，去往河对面的泉眼边汲取干净清冽的泉水，回家淘米做饭。食物也简单。我们端着各自的碗，围着一小碟粗糙地腌制出来的野菜，寂静地吃，偶尔说些寂静的话。那时没有木耳，我们细心地、耐心地、安心地打理着小杂货店，对每一个顾客微笑。我们隔天去森林里拾一次柴禾。我们只要柴禾，我们的眼睛只看到了柴禾，拾够了我们就回家。我们走出森林，走在回家的路上，抬头看天，再回头看向视野上方的森林——世界能给我们的就这么大。

可是有一天木耳来了。那天，那个汉族人穿着长筒雨靴，腰上绑着一只编织袋。他是林场的伐木工人，天天都在山里跑。我们想，大概这山里没有他所不知的角落（没想到会有一天，我们会远远超过他，抛开他，去得更远更深……）。

他告诉我们，现在山里有木耳了，说完小心地从腰上的编织袋里掏出一朵。

我们的心就立刻涣散了。无数种生活的可能性像一朵一朵的花，渐次开放，满胀在心里。喜悦之余，我们同他说出的话，像是伴着激烈的音乐说出的话。就那么一下子豁然开朗了（似乎又在瞬间蒙蔽了些什么……）。暗暗地浸没在寻常生活中并被这寻常生活渐渐泡涨的一粒种子，发芽了。

穿长筒雨靴是为了涉过沼泽，编织袋挎在腰上而不背在背上或拎在手上，则是为了方便采摘。我胸前斜挎着阔大的编织袋，扒开面前千重的枝叶，进入到另外一片千重枝叶之中。我的眼睛发现木耳，我的双手采拾木耳。编织袋在胸前悄然充实，慢慢沉重起来。绳子勒在脖子上，有些疼，但却是那样的踏实。更多的时候，穿过一片又一片森林，天色已晚，又饥又渴，但编织袋却空空的，轻飘飘的。曾经拾到过木耳的情景回想起来，像是在梦中一般不确定。这世上真的有过木耳吗？

从我妈找回的第一朵木耳开始，我们源源不断得到的东西使原先牵扯住我们的那根绳子挣断了。生活中开始有了飞翔与畅游的内容，也有了无数次的坠落。

为了采到更多的木耳，后来去的地方越来越远，我妈就再也不让我跟着去了。

她出去得一天比一天早，回来得一天比一天晚。

每当她疲惫不堪地回到家中，无论有没有收获到木耳，无论收获得多还是少，我都觉得她要比昨天——甚至要比早上出门时变得有些不一样了，像是又离我们远了一点……

至于她渐渐摸索到的采木耳的经验就更多了。比如她只在那些V形横截面的山谷里找，U形的山谷是肯定不会有的。而且,一定要有水流动的山谷里。林子呢,不能是那种全是大树粗树的老林子,只有那种参差夹杂着许多幼木的树林子里才有可能生长木耳。

而更多的所谓经验就只是直觉而已了。她站在高高的山顶上,四下一望,基本上就能断定脚下起伏浩瀚的山野中的哪一个角落会暗生木耳。

我们把木耳摊开在帐篷门口的草地上晾晒,看着它们由水汪汪的一团,渐渐缩小,最后紧紧簇着,蔫了,干了,并由褐色成为黑色。

来店里买东西的牧人们看到了,都会问这是什么,干什么用的?

我们说:"这个嘛,好东西嘛,很好吃的东西!"

他们就不可思议地摇摇头。心里一定在想:汉人的花样真多……

牧人们的食物似乎永远都只是牛羊肉、奶制品、面粉、盐和茶叶。简单,足够满足需要,并且永远没有浪费。吃着这样的食物长大的孩子,健康,喜悦,害羞,眼睛闪闪发光。

我们的食物也简单,面粉、大米、葵花油和充足的干菜。又因为除了这些,实在再没有别的什么了,倒也没什么可抱怨的，也没什么额外的想法。

但是木耳出现了。

牧人们永远比我们更熟悉山野。没过几天，他们再来的时候，纷纷从口袋里掏出这种东西给我们看："是这个吗？你们要吗？"

我妈非常高兴，说了许多称赞的话，并很大方地掏钱买了下来。令他们吃惊又感激。

我突然知道我妈想干什么了……但是，靠这个赚钱的话实在是……太不踏实了！要知道，这山里刚刚开始有木耳的呀，除了我们这些亲眼看到的人，说出去谁会信呢？又能卖给谁去呢？外面的人多聪明啊，我们不可能拿着木耳空口白话地告诉别人："……真的不骗你，这真的是大山的特产，以前谁也不知道它是因为以前它从来不曾有过……"

尽管很明显的，这种总是牵连着树皮和干苔藓的木耳的确和平时吃的那种人工培植的大不一样。人工木耳煮出来大多是脆的，而这种野生的则绵软柔韧。人工木耳只需泡一小会儿工夫就发起来了，野生的却得泡一整夜。

而且，比起人工木耳，这种木耳更有一股子野生菌类才有的鲜味。炒菜的时候，不用放味精，也不用放肉，一点点盐和油就可以使它美味无比。

那时候，除了牧人之外，没有适当的理由或者没办理边境通行证的话，很难被允许随意出入林区边境地带。于是知道这山里有木耳的，当时还只有很少的一些人：伐木工人、宝石矿工人、非法的淘金人、扒云母渣子的打工仔。他们采摘木耳也只为给自己家里人尝尝鲜，改善改善伙食而已。

有一天，当晾干的木耳攒够了六公斤（平均十一公斤湿的才能出一公斤干货）时，我妈把它们分成六个塑料袋子装了，又因为害怕挤碎，她又把这六只袋子小心放进两只大纸壳箱子里，仔细地用绳子捆好。

然后她一手拎一只箱子，去山脚下的土路边等车。大约半上午，终于等到一辆在伐木点拉木头的卡车。我站在路基下的沼泽中，一直目送卡车远去，直到消失在山路拐弯处。

下一趟山，来回得花百十块钱路费呢。那么木耳又能卖多少钱？最重要的问题是：这种木耳能卖出去吗？离沙依横布拉克最近的聚居点是距此几十公里处的"桥头"，那一带只住着有限的几户林场职工和一些内地打工者的家属，他们需要木耳吗？

我和外婆随便弄了点东西吃了，一整天都在等她回家。那天，一个顾客也没有。我便不时离开帐篷，走到土路上。有好几次沿着路走了很远,希望能够迎面接上她。

后来我们都以为她当天不会回来了。虽然她不在的时候很害怕,但还是像平时一样放下帐篷帘子,早早熄了马灯铺床睡觉。

凌晨时分帐篷突然哗啦啦响了起来。我们吓坏了,以为是牛,又想到其他一些更坏的情形。外婆死活不让我起身去看。这时却听到妈妈叫我的声音。想不到她居然在这个时候回来了!

六公斤木耳全卖了出去,一公斤八十块(和人工木耳的价格一样),一共四百八十块钱。

刚开始时,的确和我想的一样,那个地方没人觉得这木耳有什么特别,也没人觉得有非买不可的必要。于是我妈很失望,甚至很难过——白花了搭车的路费和采木耳的精力。

于是她就坐在桥头边上的路口上等待回来的顺路车,等了一下午也没有一辆卡车路过。傍晚时分,突然跑来一个人到桥边找到她,一口气买下了四公斤。他是林场的一个职工,当我妈离开桥头后,大家都开始议论"一个女人刚刚来卖野木耳"的事,传到他那里后,便立刻找了过来。大约那人知道木耳的事情并了解它的好处吧?于是又庆幸多亏一直都没有车,幸亏我妈还没来得及走掉。

我妈帮他把木耳送到家,那人又给我们介绍了一个买主,于是又把剩下的两公斤也卖掉了。

我妈得意坏了,高兴得简直想步行几十公里山路回家。但当时已经很晚了,可能再也不会有车了。但她又不放心我和我外婆两个在山里,于是继续坐在那个大木头桥的桥边等着。一直等到夜深,才有一辆倒黑木头的无照车偷偷摸摸路过,把她带上山来。

于是那个夏天突然漫长起来,我不知道我们究竟弄了多少木耳。我每天早早地起来给她准备好食物,送她出门,然后在门口摊开她昨天采集的木耳晾晒,并不时收购牧人陆陆续续送来的木耳。觉得天色差不多了,就做好晚饭等她回家。

那时我已经很熟悉这门生意了。用手一摸,就能判断出是几成干,然后估出皆大欢喜的收购价。

来卖木耳的大多是小孩子,每人出手的数量也不多,都是用手帕包住的一小团。原先这些孩子们天天都往我们家送鱼卖的,但是自从发现"喀拉蘑菇"这条财路后,就再也不用那么辛辛苦苦地钓鱼了。

卖木耳的牧人里,有个叫热西达的,虽然不像小孩子们那样来得勤,但每一次,都会送来一大包,远远超过其他前来卖木耳的牧人。估计他放羊的那片山头木耳一定很多。我妈就千方百计套问他们家牧场扎在哪一块，但回答很让人失望：骑马的话，离这里还有三四个钟头的路程……

我们都很喜欢热西达，他是一个诚实温和的人，而且总是很信任我们，无论我们付给多少钱都很满意。大概他也从来没指望过这种野生的——如同是天上掉下来的东西能发什么财，只当是意外的收入而已吧。

虽然木耳这么能赚钱，但我们却说服不了更多的人干这个了。

那天晒木耳时，西面沟谷里过来的阿勒马斯恰好骑马路过。他掉转马头，过来瞅了一眼："这是什么？"

我们就啰里啰唆解释了半天。他又问："这个有什么用呢？"

我们又很努力地解释了一会儿。

"哦，"他说，"我们那里多得很呢。"

我们大喜，让他下次多带点来，然后报出诱人的价格。谁知这老头听了只是用鼻子哼了个"不"字，淡淡说："这样的事情，还是让孩子们去玩吧。"然后打马走了。

据说在更早的时候，哈萨克有一个传统礼俗是：自家放养的牛羊马驼，都只是作为供自己和客人享用的食物而存在的，是不可以作为商品出售来谋取额外利益的。也就是说，若是一个根本不认识的人突然走上门了，他也许会立刻为这人宰羊烹肉，慷慨地款待他；但是，若对方要出钱买羊的话，出再多的钱也不会卖。

虽然到了如今，这种礼俗在大时代的冲击下早就所剩无几了，但那种忍抑欲望的古老精神是不是仍然不着痕迹地深埋在这个民族的心灵中？

有一则近些年发生的故事是：一个到夏牧场收购活羊的商人，看中了一家牧人的一头大尾羊，但报出的价格主人不满意，于是双方开始讨价还价。一直折腾到天黑双方都不松口，商人只好留宿一夜，隔天再启程。结果到了晚宴时，主人直接就把那只被争执了一整天的大尾羊宰杀待客了。

我妈每攒够一定数量的木耳就下山一次。那时候，几乎桥头的所有人都知道在沙依横布拉克有一个做生意的女人能弄到真正的野木耳。所以每到我妈下山的那一天，买木耳的人闻风而至。到后来简直是跟抢一样。抢不到的人就四处打听，不辞辛苦搭车进山，找到我家的店上门购买。后来我们就涨到了一百块钱一公斤。

那时候，除了我们以外，另外又有一些汉人也开始专门采木耳出售了，如伐木点的工人呀，云母矿上打工的呀，还有一些林场职工的家属们。

才开始大家只是为近水楼台，工作之余往林子里到处瞅瞅，赚个零花钱。到了后来，就开始有人专职干这个了。到秋天我们下山之前的最后半个月里，采木耳的人每天都能碰到一两个，挎着编织袋，穿着胶靴。至于他们采过的痕迹，更是伴随着编织袋的碎片遍布这附近的每一片林子。

编织袋也是进入大山的新事物之一吧。这种五彩斑斓的塑料袋子，实在太适用于采木耳了，轻巧易携、容量大，并不需要有多么结实。又很便宜，用坏了就随手扔弃再重买一个就是。

而这种一次性的东西哪里经得起原先的那种生活呢？那些羊毛捻线、煮染漂色后编织的褡裢，有精美对称的图案，像装饰品似的，稳妥置放在家庭里。它们以很多年、很多年的时光，与毡房主人相耗持，充满了记忆一般存在于生活的角落之中……它所满足的不仅仅是一次又一次地被使用吧？

林区下了第一场雪之后，护林员开始清山。我们不得不拆了帐篷离开山野。这一年，我们再也没有跟着牧业大军南下，而是留在了几十公里外的桥头过冬。

第二年春末，叔叔和妹妹从内地来到了新疆。

到了如今，似乎越来越多的农民都不愿意种地了。特别是年轻人，谁不想出去呢？去到更丰富更热闹的世界里以寻求生活的更好的可能性。种地又辛苦，又寂寞，春耕秋收，岁月无边。尤其是当身边那么多的熟悉的人都已经不在了，村庄里空空荡荡。旧房子歪斜在老竹林里，老人去世，孩子离家……剩下的人在漆黑无边的夜里独自面对着满是雪花点的黑白旧电视，渐渐地也萌生起离开的想法……

可是，他们经过漫长繁华的历程后，却来到了和家乡一样偏僻的新疆大地。

我叔叔剃着光头，趿着破拖鞋，挑着担子——那是他们所有的行李：一头挑着一床红花绿叶、又瓷又硬的老棉被，另一头挑着几公斤花生米和一大包碎饼干。我妹妹的塑料凉鞋比她的脚短两公分，衬衣袖子却比她的指尖长十公分。

他们都很高兴，终于来到新疆了，终于有好日子过了。但除了种地，除了干力气活，还会做些其他的什么事呢？于是一听说木耳的事，便立刻踌躇满志起来。

这一年我们上山之前，花了很长时间为木耳的事做了各种各样的考虑和准备。既然人手多了，就可以两个人守店，两个人专门弄木耳。

此外我妈还专门跑到附近的边防站，将贴在那里的一张当地山形地图狠狠研究了好几次。

因为我家头一年卖木耳卖出了名，以至于这次上山前，好多人都到我家来打招呼，要我们下山后一定得至少留一公斤木耳给他。

还有的人专门从可可托海赶来订购。后来甚至富蕴县也有人专门跑来打问了。

就在我们上山的前几天，一辆漂亮而又结实的越野车也开进了桥头，四处打听要收木耳。他们是乌鲁木齐的人。

木耳的消息怎么就一下子传播得这么快呢？可能它真的是好东西吧。可是它的好处能有多少呢？那些人大量买下了木耳，他们自己肯定是吃不完的……因此木耳除了好吃以外，一定还有我们所不知的用途。

虽然那么多的木耳都是通过我们的双手进入人间世界的，但是我们多么不了解它呀！我们也许清楚它的来处——无论是再秘密的藏身之地也能被我们发现，却永远不能知晓它今后的漫长命运。不过这并不重要。

因为不可能满足所有人，于是我们便婉拒了一些求购者。他们急了，于是抬高价钱。我们也顺势涨了上去，涨到了一百五十块钱一公斤。后来根本就是在拍卖了，谁出的价高就给谁。

风源源不绝地吹，木耳神秘的菌种在空气中没日没夜地传播。除了我们一家之外，采木耳的队伍悄然扩大了。在沙依横布拉克夏牧场，我们家帐篷北面，河边开饭馆的那家回民也开始挂起招牌收购木耳，而且价格比我们喊得高。更让人生气的是，我们的收购价每每一跟上去，他们立马就涨，搞得跟打仗似的。渐渐地我们斗不过他们了。于是再也没有小孩子揣着手帕包上门。不过这也没关系，除了收购，我们的大部分木耳还是出在自己手上的。因为毕竟这活干得早，比起那些跑到山里瞎碰运气，只知道一个林子挨一个林子到处乱撞的采木耳新手来说，我们对这片山野更熟悉一些，更有把握一些，每天的收获当然更多一些，至少比开一天商店赚的钱多。

而且像热西达这样的老朋友，每次来了，也只往我们家送，似乎有了感情似的。我们家到底在这一带待的时间长，没有人不认识"老裁缝"的。

我妈还有一招最绝，就是背着秤进林子，要是在林子里碰到采木耳的牧羊人，当场就给截住称一称收购了。

采木耳的队伍里，最厉害的是娘子军。她们都是打工者的家属，天遥地远离开故乡，跟着男人背着孩子几番周折来到新疆。有时候也跟着男人们干些力气活，但更多的时候根本找不到活干，只好努力地照顾家人。

这些女人们疯了一样地能吃苦，她们揣几个馍，腰里塞一张塑料纸，带着一只天大的编织袋就敢进林子。而且一进去就好几天不出来，晚上把塑料纸往结满冰霜的草窝里一铺，裹着大衣躺倒，一晚上就捱过去了。

不像我们，早上出去，晚上回家，走也走不了多远，去到的也都是几天前去过的地方，采摘的也只是最近两天新长出来的。

木耳生长的速度极快，尤其在下过雨后。但采木耳的人一多，它的生长就赶不上采摘的速度了。

我妈决定不和他们争，她要去一个大家都没去过的地方。有一天，热西达再来时，她和他嘀嘀咕咕说了半天话。于是等下一次热西达再来时就多牵了一匹马。我妈和我叔叔带着两幅布料、几包方糖和几瓶罐头作为礼物跟着去了。这一次，去了整整一个礼拜。

热西达家的毡房孤独地扎在后山一带的边境线上，那里才是真正意义上的"人迹罕至"。那里的林子更深密浓稠一些。我妈带去的几只编织袋全都装满了。因为塞得太紧，还捂坏了很多。那一次是我们采木耳生涯中最辉煌的一次。

但没过多久,我妈新开拓出来的阵地又给攻下了——第二次他们俩再去时,发现那里也开始有人在活动了。野地里四处都有驻扎的痕迹。他们能去到的林子,能发现的倒木,全都留下了刀子剜过的印记。于是那一次根本就是空手而返。

我妈真恨不得越过国境线,跑到蒙古国那边去找,看还有没有人跟她争这碗饭。

在等待我妈他们回家的那些日子里,我天天站在门口的草地上,遥望四面群山——那些森林,那些大幅倾斜的碧绿草坡,还有我看不到的、山的另一面的巨大峡谷,高耸的崖壁……想象那些我尚不曾去过的地方,是怎样在他们的脚下、在他们眼里,因变得过于熟知而再也不能令人惊奇了,同时也因此对他们隐蔽了某种强大的力量。那会是什么力量呢?……我久久地张望。这时,远处有人群影影绰绰地过来了。我又看了好一会儿,我不认识他们。他们走到近前,疲惫不堪,背上背的行李破旧庞大。他们在我这里买火柴,然后用塑料纸把火柴包好,小心地揣进贴身衣服的口袋。我目送他们远去,他们因深藏着一匣火柴,而在身影中窜动着火苗。他们去向的地方肯定不是我所知道的这山野里的某处——而是与山野无关的，仅仅只是有木耳的地方。

正是那一年，据说甘肃、宁夏一带闹旱灾，很多内地农民涌入新疆讨生活。桥头也来了很多。那些遭过天灾的人和其他的打工者很不一样，他们远离人群，从不和我们往来，甚至很少到我们深山聚居点的商业帐篷区买东西，也从不在我们这边的饭馆吃饭。他们随身背着铺盖铁锅，扛着面粉粮油，成群结队绕过沙依横布拉克的帐篷区，远远地走着。过很久之后，还会再远远出现一次，还是随身背着铺盖，扛着塌下去一大半的面粉袋，成群结队往回走。我们永远搞不清楚他们驻扎的地方在哪里，不知道他们如何维持生活。

那时候，只要是在山里讨生活的人，都在以采木耳为副业了。后来又有大量的人开始以之为主业。木耳明显地少了。于是除了采木耳以外，他们又开始挖党参，挖虫草，挖石榴石——只要是能卖到钱的东西都不顾一切地掠夺。弄得山脚下、森林边处处草翻泥涌，四处狼藉。当地牧民很不高兴，他们世世代代在这里生活，从来不伤害牧草，牛羊可以随便吃，但人却不允许乱拔的。于是，由于破坏草场植被而引起的纠纷接二连三地发生着。

有人开始偷偷摸摸打野味下山卖了，还有人背了雷管进山找野海子（高山湖泊）炸鱼。狩猎是违法的，粗暴地使用杀伤力极强的武器进行无底线的掠夺，也是很不公平的事情。而哈萨克牧人虽然曾经也有过自己的猎人，但他们总是严格遵循野生动物繁殖规律进行着狩猎行为。他们敬畏万物。他们古老的礼俗中有一条是：尽量不食用野生动物和鸟禽，只以自己饲养的牛羊、自己生产的乳制品，以及这些东西的交换物为食物。哪里像眼下这些人这般肆无忌惮！也许，正因为哈萨克牧人们与周遭环境平等共处，才能平平安安地在这里生存了千百年。不知道我们这些人又能在其中维持多少年。

这原本天遥地远、远离世事的山野，突然全部敞开了似的，哑口无言。

但总会有什么更为强大更为坚决的意志吧，凌驾在人的欲望之上……抬头看，天空仍是蓝汪汪的，似乎手指一触动便会有涟漪荡开。四野悄寂，风和河流的声音如此清晰。

更多的外地人和县城里的下岗职工、无业人员还在源源不断地涌进深山，纷纷打听木耳究竟是怎么回事，并毫不犹豫地扛着行李投入山野。

当年秋天下山时，木耳已卖到两百块钱每公斤。刚入冬，就涨到两百五十块。

虽然价格涨了两三倍，但和去年相比，木耳的出售量猛地降了下来。到头来赚到的数字和我们年初预想的大不一样。这令我妈很不甘心，她想来想去，决定避开所有人，她要在冬天进山采摘。

冬天四处冰天雪地的，山脚积雪厚达十几米，道路完全阻断。况且天寒地冻，木耳早已停止了生长。但是，总会有那么一些地方，在最后一批骚扰的人们走之后，在最寒冷的日子来临之前，可能还会长出来一些。下大雪后，又被冻结在木头上，深埋在雪窝子里。

我妈很聪明，她不动声色，等所有人都从采木耳的狂热和遗憾中平复下来后，她才和我叔叔悄悄动身。临走时嘱咐我和我妹妹，要是有人问起来，就说他俩去县城办事情去了。

结果，直到他们两个回来为止，左邻右舍没有一个对他们的突然消失稍有好奇的，没有一个人问起。倒是我很有礼貌地询问了一下他们的家人的情况，则一律被告知："去县城办事情去了……"

我妈他俩单独去的，回来却是和一大群人结伴而行。

那时他们已经出去十多天了。我看到我妈脸都冻烂了，手上全是冻疮，又肿又硬，裂了血淋淋的口子。

直到晚饭的时候，他们才把收获的木耳拿出来给我们看。很少很少，看得令人心酸。

当他们在齐膝深的雪地里艰难前行；他们坐在雪地上从高高的山顶顺斜坡滑下，半途被冰雪下埋藏的一块石头狠狠颠了一下，一头栽在雪堆中拔不出来；当他们刨开倒木上的积雪，一点一点地努力寻找；当他们天黑后走很远的路都找不到一个干燥而避风的地方过夜……

那一年春节期间，木耳涨到三百块钱。几乎所有采木耳的人家，存货全都脱手得干干净净。哪怕是挑木耳时筛选出来的碎渣子，都卖到了一百块。

我们反反复复对上门来打听的人说"真的没有了……真的不骗你……"，可没人相信，对方总觉得我们是在囤货抬价似的。

"三百五十块钱行不行呀……三百八行不行呀……就求您了好吧，给您算四百整！！"

到了这时，木耳的用处恐怕已不是用来吃了吧。作为礼品和一种时髦的消遣物，它的价值早就已高于四百块钱了吧……外面大地方的人总是有着比我们更灵活而又更繁杂缜密的心思。木耳被他们用来进行着秘密的交流，最终流传到一个其实与木耳没有任何关系的地方。他们千里迢迢来买木耳，走进我家昏暗破旧的房间，一声一声急切地诉说，又失望地长久沉默。门外也有人在说木耳的事，他的神情在夜色里看起来神秘而别有用心。我们一打开门，他就停止了说话。但他还是站在那里不走。整个桥头涌荡着不安的漩涡。

第三年，第三年木耳的世界疯了！第三年伴随着木耳的狂躁，暴发了牲畜的大规模瘟疫。据说这是一场从未有过的新类型的瘟疫，我知道它也是与木耳一样的最新入侵者之一……大批牛羊被拉去活埋。山上的人不准下来，山下的人不准上去。封山了，戒严了。

我们因为晚了几天出发，就给堵在了桥头。原先的那些熟悉的守林员和检查人员全撤换了。边防站的人也死活不给办边境通行证。

那两天又刚好连下了两场雨，想到木耳此刻正长得好，真是急坏所有人。于是有一些人忍不住绕过桥头，从西面那条早已废弃的天堑般的古牧道上翻过去。后来他们再也没有回来，估计已经到地方了，开始大包小包地摘了。于是更多的人都决定这么做，但大部分人到了跟前都退了回来——那条古道实在不是人走的路。

就算是能走，我们家也不能那样做。我们毕竟是开商店的，还有货物，必须得从能通汽车的路上过去。

很多人都是深更半夜出发，做贼似的摸黑徒步进山。被逮着就狠狠地罚款，但罚了还是要想法子再上。

我妈急得没办法，四处找人，四处受气。到了最最后，她一咬牙，给某些人许诺，下山后一定给留几公斤木耳，又花额外的钱办了一堆证件，这才被特别允许过了桥。

但是进了山才知道，里面已是一片混乱，里面所有的人都急于下山。在那里，抢劫的消息不时传来。据说就是那些逃荒到这里的内地人干的，他们以为他们来到了一个没有秩序的地方——而实际上似乎也是如此。这深山里的稀薄社会的确从没有过被明确监督着的秩序，一切全靠心灵的自我约束。那种因人与人之间、人和自然之间的本能的相互需求而进行的制约是有限的，却也是足够的。

可那些人不，那些人在有钢铁般秩序的社会中尚无可躲避地遭受了伤害，更别说"没人管的地方"了。

他们下不了山，木耳脱不了手，换不到钱，买不到食物，活不下去，于是就抢。

这一带驻扎的毡房大多是把羊群交给别人寄牧的家庭（羊群已经到了后山边境上一带），毡房里只有老人、妇女和儿童守着家里的牛群，生产一些过冬的牛乳制品。

那一阵子弄得所有人恐慌异常，一下子觉得无所依附。这深山里无论发生什么事都无从抵御,无处躲避……那时深刻体会何为"祖国",无比怀念有什么事可以去找公安局的山外生活……深山里的安宁其实是多么脆弱的安宁呀……

牲畜继续被残忍地处理。沙依横布拉克彻底与世隔绝了。

我们轻易不敢出门进林子。而每当走出帐篷站在门口远眺,看到四野仍然寂静浩荡,像是什么事也没发生过,并且将永远也不会再发生什么事似的。我们想到那呼啸的森林某处有木耳,它们因为再无人打扰而正肆意蔓延……可是我们只能这样站在帐篷门口,抬头往那边长久地看。

那一年商店里的生意也简直没法做。失去牛羊的牧人很仔细地支配着拿到手的很少的一点点政府补贴,除了基本的粮油米面,店里什么也卖不出去。虽然也想法子弄了一点点木耳,但下了山还不够用来给领导们"还愿"的。

第四年,我们周密地策划了一个冬天后,决定为木耳豁出去了——商店和裁缝店都留在桥头,由我和外婆守着;我妈、我叔和我妹都轻装上阵,每半个月或更长的时间回一趟家。

我妈的主意最多,她没事就坐那儿想啊想啊:怎样才能令进山时间更长，去到的地方更多，而且永远不会为给养发愁呢？最后她想到的好办法是：买一辆农用的、挂着小拖斗的小卡车进山。

她想得很美，开农用车进山的话，不仅可以带够一两个月的食品，也不用随身背木耳了，把车开到再也没法往里开的地方停下，然后一个人守着车，两个人到附近转，天黑之前回来。一个地方转遍了再把车开到另外一个地方。这样，去的地方又多，又快，又安全。

接着她又想到仅仅这样的话，车利用得还不够充分，于是给守车的人也找了个活干，就是养鸡。养它百十只，平时关在笼子里，放在车上。在一个地方停驻时，就把鸡放出去自己找吃的，晚上赶到车底下，四周用铁丝网一拦——就这样，带着一车鸡在山野里流浪，每个人和每分钟时间都不会有闲的，而且还随时有鸡蛋和鸡肉吃。

但是农用车哪怕是二手的我们也买不起，于是她只好退而求其次，决定买个小毛驴算了。

这个主意倒是很令我欢喜，哪天不用采木耳了，我还可以骑着它浪迹天涯。

我妈说："让它驮着锅灶被褥什么的，慢慢地在山里面走，走哪儿算哪。小毛驴很厉害的，多陡的山都能爬上去。"

我妹妹说:"为什么不干脆买匹马呢?马驮的东西更多,而且还跑得快。"

我妈说:"马吃得太多了!夏天还好说,冬天怎么办?现在草料那么贵……"考虑得真周到。

我妈又说:"等有了钱就好了,咱想买啥就买啥!想去哪里就去哪里!……"

后来,想到人多胆壮,她又到富蕴县说服了几个亲戚和老乡,说好到时候一起去。

还打电话到内地老家,联系了好几个生活比较困难的老乡。他们听了都很高兴,愿意立刻出发来新疆。

春天,桥头爆满了,到处都有人依偎着自己破旧的行李露宿在河边的废墟里。

桥头还来了个铁匠,专门给大家打制挖野货时使用的工具。

似乎在一夜之间,旧马路边的一排破土房突然被打理一新,出现了好几家非常便宜的饭馆子和小旅店。后来还来了一对漂亮的姐妹,在马路尽头开了理发店。再后来一家较大的饭馆被老板改装成了一个简陋的"舞厅",里面有柴油机带动的大音响,挂满了彩色灯泡。一到晚上,男人们就聚集在里面通宵达旦地喝酒、赌钱。

拾木耳、挖虫草的队伍在去年下山前就分成了几大派，具体怎么分的不清楚，只知道他们彼此之间有仇恨。深山里出事的传闻不断。这传闻中的的确确发生的事情就有两三茬，受伤的人永远残废了。由于情况混乱，聚居的人又多又杂，少了一两个人根本看不出来。

今年边防上也紧张起来，经常有当兵的来查身份证并办理暂住证。但是检查完后，往往要打听木耳的事，到处留下话要求秋天给边防站联系几公斤。

又听说西面某处林防所那边不知为什么组织了大规模的森林武警。

转过一堵破房子，断墙那边隐约传来话语："……怕什么，他们有枪，我们也有……"

河边的树林里堆满了以塑料制品为主的垃圾。而老早以前，我们这里寥寥无几的居民能产生出来的垃圾主要是煤灰和柴灰。在更早更早以前，我听说煤灰和柴灰也是有用的东西。那时，万物滴水不漏地循环运行，那时候的世界一定是无懈可击的。

所有的，伴随着木耳到来的事物，在你终于感觉到它的到来时，它已经很强大了，已经不可回避了。

云母矿上的男孩来找我，我们围着炉子烤火。他对我说了很多事情，说木耳，说冬虫夏草，还说狗头金（成块的天然黄金），说黑老虎（黑云母）矿脉。他那么年轻，他还说要和我结婚……他凑近了身子，炉火晃动。他十六岁。

他说："一起去找木耳吧？我知道有一个地方，谁也没去过的，肯定多得很……"

又说："……等有了钱就好了，以后想要什么就有什么，想去哪里就去哪里……"

雪渐渐化了，河流澎湃，又一个春天到来了。桥头通路的那几天，背着面粉袋、锅碗和铺盖的人们接连不断向北而去。彼此间有深隙巨壑似的，谁也不靠近谁，谁也不搭理谁。沉默而紧张。

来订购木耳的人据说开价到了五百块钱一公斤。

我们真有点害怕了。我对我妈说："今年我们还去采吗？"

她也怕了。但她想了又想，说："不去的话怎么办呢？你看我一天天老了，以后我们怎么生活？……"

那么我们过去又是怎么生活的呢？在那些没有木耳的日子里，没有希望又胜似有无穷的希望的日子里……

……那些过于简单的，那些不必执着的，那些平和喜悦的，那些出于某种类似"侥幸"心理而获得深深的满足的……还有森林山野的美好的强烈之处！永远强烈于我们个人情感的强烈，我们曾在其中感激过、信任过的呀……几乎都要忘了！森林里除木耳之外的那些更多更广阔的……

但是，就在那一年——木耳出现后的第五年或第六年——再也没有木耳了。

像是几年前它突然出现在这里一样，又突然消失了——木耳没有了，像是从来都不曾有过一样地没有了……森林里曾经有过木耳的地方都梦一样空着，真的什么也找不到了……大风吹过山谷，森林发出巨大的轰鸣。天空的蓝是空空的蓝，大地的绿是什么都不曾理会过的绿。木耳没有了，从此森林里的每一棵倒木再也不必承受什么了，它们倒在森林里，又像是漂浮在森林里。

我忘了那一年里别人都是什么样的反应。我天天坐在桥头深暗的商店里，偶尔出去转一圈，走进明亮的白昼中，沿着河边散步。河边的垃圾场仍然在一日日地蔓延，越堆越高……我忘了那一年别的人是什么样子，大概是因为从此再没见过他们了。费了极大的努力而凝聚起来的生活突然间破裂，依赖这生活的人也四散而去。但生活还在继续。桥头纵然已成废墟，但仍然还在自己的惯性中有所坚持……桥头还是离世界那么远，我还是一个人也没看见，只看到他们日渐浓重的生活痕迹遍布四周。在我心里，有种种的，如同木耳的萌发般微妙神奇的想法……那么我就开始幸福了吗？那么我能够有所洞悉了吗？当发生在远方的每一件不可思议的消息传到我深暗的屋子里时，就会成为自己曾经在某处亲身经历过的情景似的。我表面上一点也不吃惊，其实心里还是为着什么也不能明白而悲伤不已。

这些就不去说它了。说木耳吧——木耳再也没有了……其实，我们对木耳的了解是多么的不够啊！

是的，木耳没有了，我们加以它的沉重的愿望也没有了（暂时没有了吗？），我们的杂货店又轻飘飘地搬到了山上。对来店里买东西的牧人们，我们还是报以微笑。然后又想到木耳没有了（暂时没有了吗？）……生活在继续，看起来只能这样了。但却是永远不一样了。更多事物分秒不停地到来，并且还在加速。最巨大的变化就是种种巨大的变化都开始无影无形，几乎无从感知。木耳没有了，但"喀拉蘑菇"这个新生的词语将继续流传，直到与其他所有的理所当然的古老词语没什么不同。木耳没有了，总有一天，它的这场"没有"也会让人觉得其实也没什么不可思议的。

那一天我一个人走进森林，看到浓暗中闪烁着异样的清晰。我走了很远,看到前面有人。那是我妈,她还在找。我远远地一眼看到她手边不远的地方有一朵木耳。那是整个世界上最后的一朵木耳。静静地生长着,倾听着。但是她没有发现。她在那一处反反复复地搜寻,还是没有发现。后来我又看到她脚下的苔藓上有蛇,也如同木耳一般静静地伏着。我不敢叫出声来,只能呆呆站在那里。很久很久之后,她才出于失望而渐渐离去了。

李娟作品目录

《遥远的向日葵地》

《我的阿勒泰》

《羊道》三部曲

《记一忘三二》

《冬牧场》

《阿勒泰的角落》

《走夜路请放声歌唱》

《九篇雪》

《火车快开》（诗集）